Tucholsky Wagner Zola Scott Sydow Freud Schlegel
Turgenev Wallace Fonatne Freud
Twain Walther von der Vogelweide Fouqué Friedrich II. von Preußen
Weber Freiligrath Frey
Fechner Weiße Rose von Fallersleben Kant Ernst Frommel
Fichte Richthofen
Engels Fielding Hölderlin
Fehrs Faber Flaubert Eichendorff Tacitus Dumas
Feuerbach Maximilian I. von Habsburg Fock Eliasberg Zweig Ebner Eschenbach
Ewald Eliot Vergil
Goethe London
Mendelssohn Balzac Shakespeare Elisabeth von Österreich Dostojewski Ganghofer
Trackl Stevenson Lichtenberg Rathenau Doyle Gjellerup
Mommsen Tolstoi Hambruch Droste-Hülshoff
Thoma Lenz Hanrieder
Dach von Arnim Verne Hägele Hauff Humboldt
Karrillon Reuter Rousseau Hagen Hauptmann Gautier
Garschin Defoe Baudelaire
Damaschke Descartes Hebbel
Hegel Kussmaul Herder
Wolfram von Eschenbach Dickens Schopenhauer Rilke George
Bronner Darwin Melville Grimm Jerome
Campe Horváth Aristoteles Bebel Proust
Bismarck Vigny Barlach Voltaire Federer Herodot
Gengenbach Heine
Storm Casanova Tersteegen Grillparzer Georgy
Chamberlain Lessing Langbein Gilm Gryphius
Brentano Lafontaine
Strachwitz Claudius Schiller Kralik Iffland Sokrates
Katharina II. von Rußland Bellamy Schilling
Gerstäcker Raabe Gibbon Tschechow
Löns Hesse Hoffmann Gogol Wilde Vulpius
Luther Heym Hofmannsthal Morgenstern Gleim
Roth Klee Hölty Goedicke
Luxemburg Heyse Klopstock Homer Kleist
La Roche Puschkin Mörike Musil
Machiavelli Horaz
Navarra Aurel Musset Kierkegaard Kraft Kraus
Nestroy Marie de France Lamprecht Kind Kirchhoff Hugo Moltke
Laotse Ipsen Liebknecht
Nietzsche Nansen Ringelnatz
Marx Lassalle Gorki Klett
von Ossietzky May vom Stein Lawrence Leibniz Irving
Petalozzi Knigge
Platon Michelangelo Kafka
Sachs Pückler Kock
Poe Liebermann Korolenko
de Sade Praetorius Mistral Zetkin

Der Verlag tredition aus Hamburg veröffentlicht in der Reihe **TREDITION CLASSICS** Werke aus mehr als zwei Jahrtausenden. Diese waren zu einem Großteil vergriffen oder nur noch antiquarisch erhältlich.

Symbolfigur für **TREDITION CLASSICS** ist Johannes Gutenberg (1400 — 1468), der Erfinder des Buchdrucks mit Metalllettern und der Druckerpresse.

Mit der Buchreihe **TREDITION CLASSICS** verfolgt tredition das Ziel, tausende Klassiker der Weltliteratur verschiedener Sprachen wieder als gedruckte Bücher aufzulegen – und das weltweit!

Die Buchreihe dient zur Bewahrung der Literatur und Förderung der Kultur. Sie trägt so dazu bei, dass viele tausend Werke nicht in Vergessenheit geraten.

Haus-, Wald- und Feldmärchen

Adele Schopenhauer

Impressum

Autor: Adele Schopenhauer
Umschlagkonzept: toepferschumann, Berlin

Verlag: tredition GmbH, Hamburg
ISBN: 978-3-8424-1331-3
Printed in Germany

Das Waldmärchen

Die Vorlesung war beendet.

»Vortrefflich!« sagte der Professor. Der Autor verbeugte sich gegen ihn und die übrige in weitem Kreise ihn umgebende Gesellschaft und faltete sein Manuskript.

»Ein deliciöses Märchen! Charmant! Höchst originell!« versicherten die Damen. Die Wirtin des Hauses bedankte sich bei dem Autor; der Autor bedankte sich bei den Damen.

»Ein Märchen?« fragte ein junger Mann. »Ich hätte das eher für eine Allegorie gehalten.«

»Nun«, erwiderte ein ältliches Fräulein, »ist denn das Märchen etwas anderes als ein buntes, die wirklichen Gegenstände magisch färbendes Glas, durch welches wir die uns bekannte Welt erblicken? Und ist das nicht eine Art Allegorie?«

»Ah so!« sagte der junge Mann; »ich hatte mir etwas anderes darunter gedacht.«

»Bei alledem«, sprach ein wohlwollender Kritiker, »liegt eine unergründliche Tiefe der Anmut in der Konzeption dieses Märchens und seiner fernen blauen Zauberberge.«

»Freund!« erwiderte ihm der Dichter, »ein Märchen ist überhaupt immer – die *blaue Blume*, die uns das blaue Wunder erschließt.«

»Ich hatte mir aber dennoch etwas anderes gedacht«, wiederholte der junge Mann vor sich hin. »Ich meinte, das Märchen ziehe fremdartige Lebensgestalten um die Gestaltung unseres Menschenlebens her.«

»Ein wunderliches Prinzip führt zur Einseitigkeit!« murrte der Professor.

»Ich verstehe von dem allen kein Wort«, sagte ein hübscher Jüngling – es war der Sohn vom Hause –, »ich denke mir aber, es ist mit dem *Märchen* wie mit der Liebe, die auch kein Weiser richtig definiert: jeder denkt sich etwas anderes darunter. Aber«, fuhr er zu mir und noch ein paar jungen Leuten gewendet fort, »kommt lieber mit mir ins Vorzimmer: da sitzt meine Schwester Linda unter den Kindern, die heute nicht in die Gesellschaftszimmer dürfen, und erzählt ihnen auch Märchen. Waldmärchen, Quellenmärchen – was weiß ich? Vielleicht ist dein anderes Märchen darunter«, lachte er seinem Freunde zu.

Wir waren im Gespräch weitergegangen; im ersten Salon saß wirklich ein junges Mädchen unter den Kindern und erzählte.

»Aber was in aller Welt ist denn ein Quellenmärchen?« fragte ich.

»Das weißt du nicht? Das weißt du nicht einmal?« riefen die Kinder durcheinander. »Ich will dir's sagen.« – »Nein, nein, ich!« überschrie eins das andere. »Drunten – nein doch! ganz hinten im Garten ist ein kleiner, ganz kleiner Quell, und mit dem kann Tante Linda reden.«

»Ich habe es oft angehört«, versicherte Cäcilie, die Hand aufs Herz legend. »Ich auch! ich auch!« die andern. »Und was er ihr erzählt, das erzählt sie uns alles wieder.«

»Ja«, sagte Edmund sehr ernsthaft, »und wenn der Quell die Geschichte anfängt, so legen sich die kleinen Veilchen auf die Erde unter die Blätter hin und hören zu, und die Grashälmchen spitzen die grünen Öhrchen. Und der Schmetterling schlägt hinten seinen bunten Frack zusammen und setzt sich – siehst du, so!« und er setzte sich als Schmetterling; »und dann, ja, dann kommt die huschliche, fahrige Libelle, die nie ordentlich achtgibt; und die Biene in ihren Honighöschen beeilt sich ganz unsäglich und möchte es gar zu gern mit anhören, läßt sich aber keine Zeit vor dem Feierabend; sie ist gar zu haushälterisch und übertreibt's ein bißchen – und dann –«

»Nun?« fragte ich sehr ergötzt weiter, »was sagt der Quell?«

»Oh! erst legen sich am Abend lange goldene Sonnenstrahlen über den Bach hin, darauf tanzen die Mücken, bis sie müde sind, und erst dann wird es still, so ganz still! Die Glühwürmchen zünden ihre Laternchen an, und der Quell beginnt sein Märchen.«

»Und wie ist denn das schöne Märchen?«

»Ei, das ist jedesmal anders, aber es gleicht sich; denn siehst du, es ist ein Familienmärchen; da erfahren wir immer mehr, und dann ist das Hübsche – es hat gar kein Ende.

Erst ist da der alte, uralte Ahn im Walde; der wohnt in der hohlen Eiche und ist älter und viel klüger als die kleinen Menschen um ihn her.« – »Er ist auch größer«, sagte Jenny.

»Freilich«, erwiderte Otto, »aber er ist nicht immer so klug gewesen. Er hat einmal etwas sehr Böses getan: er hat sich gegen die Gnomen vergangen, die an seinen Wurzeln zur Außenseite der Erde hinauf ans Licht klettern wollten.«

»Ja, und die Gnomen waren keine bösen Geister: es waren Leute von kleinem Volk und hatten es gut mit dem Grafen im Sinn, dem der Boden gehörte, auf dem die Eiche stand. Sie wollten seiner Tochter Hochzeitsgeschenke bringen und einen kleinen Hausgeist bei ihr zurücklassen, der sollte ihr Glück beschirmen.«

»Und ihre Kinder hüten«, sagte Jenny.

»Ja, aber sie hatte noch keine; das kommt viel später.«

»Also nun konnten die Erdgeister den Segen nicht hinaufbringen?«

»Nein, und die Familie verarmte, und alle Kinder des Hauses welkten hin und kamen um, so daß der Name ganz ausstarb.«

»Nun ist aber ein altes Gesetz«, nahm der älteste Knabe das Wort, »daß die Naturgeister keinem lebenden Wesen mutwillig schaden dürfen und besonders nicht den Menschen. Und als nun der Graf und seine wunderschöne Tochter Sismonde und alle ihre Geschwister, ja selbst alle ihre Kinder, dahinstarben und vergingen wie das Gras auf dem Felde, ward der Elfe gestraft: er verlor die Sprache und durfte den Baum nicht mehr verlassen.

Zu seiner Qual muß er nun still zusehen«, erzählte Edmund weiter, »wie unter ihm seine lieben Menschen – denn er liebt sie, und besonders alle auf dem Gute Geborenen – sich vergehen gegen die Natur und Unrecht untereinander tun. Aber er sitzt fest in seinem Baume, er darf nicht warnen, wenigstens nicht mit Worten. Da kommt der Jäger ganz übermütig und schießt das muntere Wild: das kränkt den Elfen, er rauscht mit den Zweigen, was er weiß und kann. ›Ein frischer Morgenwind heute!‹ spricht der Jäger und hetzt den Jagdhund. Böse Buben kommen, nehmen die Nester aus, verstümmeln die armen Vögelchen – da ächzt die Eiche in den Zweigen. ›Was das alte Holz knarrt!‹ lachten die Knaben; ›wär bald gut für den Ofen!‹ – Am schlimmsten aber war die Geschichte mit dem Oberförster.«

»Die will ich erzählen!« rief Otto. »Nein, nein, die Tante!« schrien und baten die Kleinen, »die liebe, liebe Geschichte mit dem Oberförster!«

Und die gute Tante fing an: »Es war also von dem gewaltigen Grafenstamme, dem der Boden eigen, auf welchem die alte Eiche stand, niemand mehr übrig. Da kam ein junger Mensch aus Ungarn in das Land und verdingte sich als Lehrbursche in die Försterei, die zum Gute gehörte, das nun an eine Seitenlinie des Hauses, entfernten Vettern, zugefallen war. Der alte Förster, ein eigensinniger, harter Mann, konnte die neue Herrschaft nicht leiden, darum vernachlässigte er auch alles in seinem Amte, was nicht eben ins Auge fiel, und tat nur das unumgänglich Nötige. Elmrich, der neue Lehrbursche, war flink, tätig, aber leichten Sinnes und tat das Notwendige am letzten; dagegen liebte er das Schöne und Wunderbare im Walde, pflegte und schonte die Blumen am Rain und freute sich der jüngsten Bäumchen, wenn sie nur schlank und frisch waren und anmutig so vom Hauch des Windes hin und her schwankten wie weiße Mädchen. Darum zog er auch die Erlen, Espen und Birken allen andern vor. Auch jagen mochte er gern, schoß aber nur das alte, kluge Wild, gegen das er einen Kampf zu bestehen hatte: am liebsten das wilde Schwein; die jungen Rehe aber fütterte er, zähmte sie leicht und unterhielt sich oft stundenlang mit ihnen. Bei all seinem Frohsinn war er ein Träumer, ging gern den ganzen Tag hindurch von einem Revier zum andern, saß aber dann auch oft stundenlang sinnend und träge am Fuße eines alten Stammes und sah ins Blaue.

Seltsam war es, daß, obschon der junge Bursch, lustig und träumerisch zugleich, oft unfleißig war, doch von dem Augenblicke an, da er in den Dienst kam, der Forst zu wachsen und zu gedeihen begann wie nie zuvor. Es hatten nie so viele Blumen zwischen Moosen und Farrenkräutern geblüht, der Rasen an den Lichtungen war nie so dicht und grün gewesen, die Bäume hatten nie so unbegreiflich schöne Kronen gehabt. Es war ordentlich, als wenn die Sonne wärmer scheine, wo er hintrat, so wunderbar gedieh alles um ihn her. Elmrich achtete nicht darauf. Er war gewohnt, sich dem Augenblick und seiner Forderung kräftig hinzugeben – oder zu träumen und gar nichts zu tun. Aber in seinen Träumen dachte er nicht an den Wald. Er dachte an prächtige Feste in goldblitzenden Schlössern, an schöne Frauen und zahllose Gäste, an Pferde und glänzenden Schmuck, an Sammet und Perlen, aber nicht an die weißen schwankenden Birken, nicht an den grünen Sammet des Rasens, auf dem er lag, nicht an die Tautropfen, die den Primeln wie Perlen in den bunten Blumenöhrchen hingen.

Eines Tages, als er auch so im Gehölze lag und seinen Gedanken sich hingab, fing er an, von einem innern Unmut getrieben, laut zu klagen. ›Warum‹, sprach er, ›bin ich ein Findling? ein Waisenkind, das nicht einmal seine Eltern kennt? Vielleicht ist mein Vater kein armer Landmann, kein Dorfbewohner: er kann reich sein und vornehm – und vielleicht weint er heiße Tränen um seinen ihm entrissenen Sohn. Als mich der Jäger in den Klauen eines Lämmergeiers hoch in den Wolken schweben sah und den bösen Gast, da er eben niederstieß, mit seiner Büchse traf, als der Räuber mit seiner Beute in den Fängen unter den Hirten sterbend niedersank, da jammerten vielleicht meine fernen Eltern um ihr verlorenes Kind, suchten mich und hielten mich endlich für tot – und mein Erbe ging über in andere, fremde Hand, und mein Schild ward zerbrochen, und mein Name verschwand von der Erde. Ist's aber nicht gerade, als lebe alles noch heimlich in mir fort und drängte mich unaufhörlich in die Bahn zurück, die ich unbewußt verlassen? Ach, daß ich ein armer, armer Forstlehrling bin!‹

Indem er so sprach, begann die alte Eiche über seinem Kopfe ganz seltsam zu wogen und zu rauschen; es war fast, als antwortete sie seinen Klagen, ja es schien ihm sogar, als senke sie die Zweige gegen ihn. Sogleich kehrte ihm der leichte, frohe Mut zurück und, sich aufrichtend und in die Höhe schauend, rief er lustig dem Baume zu: ›Nimmst du teil an mir, alter Freund? Ich danke dir, daß du so viel Gefühl für ein armes Menschenkind hegst. Freilich, freilich ist dein grüner Baldachin, den du so schön über mich hinwölbst, noch schöner als ein sammetner und obendrein mit echtem Sonnengold durchwirkt! Darum ist's gar hübsch von dir, du alte Waldperücke, daß du mir's nicht übel nimmst, daß ich an jenen denke, ja, daß du's dennoch immer gleich gut meinst mit mir!‹ Und die gute alte Eiche rauschte und rauschte und rauschte immer gewaltiger. Curios! dachte der Bursch: es weht doch gar kein Wind! Er sah die Eiche immer fester an, da fiel ein Zweiglein ab von ihr, daran saßen drei Blätter, und an der Stelle, wo das Zweiglein abgefallen war, schien es dem Jäger einen Augenblick, als blickten ihn ein Paar braune Augen an; wie er aber genau hinsah, waren es Blätterschatten. Das Zweiglein nahm er auf und steckte es an seinen Hut und sagte lachend: ›Schön Dank, alter Freund! und geb' dir Gott einen sonnigen Tag!‹ und damit ging er wieder an seine Arbeit.

Der Eichenbaum, oder vielmehr der Elfe in der Eiche, war sehr bewegt und betrübt. Er hatte den Lämmergeier persönlich gekannt, von dem der Jäger sprach, und ein Kuckuck, der bei einem Hänfling aus und ein ging, welcher in seinen Zweigen wohnte, hatte ihm erzählt, wie der böse Raubvogel in einem weit entlegenen Dorfe ein Kind seiner schlafenden Wärterin geraubt und daß dies des letzten Grafen erstgebornes Söhnlein gewesen. Der arme Vater kam kinderlos von einer weiten Reise zurück, die er in Ungarn mit seiner Gemahlin gemacht hatte. Im Dorfe war es verboten, viel davon zu reden, und man hoffte auf einen neuen Erben. Aber obschon die schöne Gräfin Sismonde wieder gesegnet ward und auch wirklich noch ein Jünkerlein gebar, so starb doch das arme Knäbchen schon in den ersten Tagen nach seiner Geburt. Der Graf trug aber den Kummer nicht lange, er und seine Gattin starben jung, und das Lehngut kam in andere Hände. Die tückische Undankbarkeit des Lämmergeiers gegen den Grafen, den die gute Eiche gewissermaßen als dessen Brotherrn betrachtete, hatte sie damals tief betrübt und empört. Nun sie aber die Strafe desselben, den schmählichen Tod des Kinderräubers, vernahm und den schönen Grafensohn frisch und gesund in ihrem Schatten liegen sah, dachte sie nur an das gegenwärtige Glück, und all ihr Dichten und Trachten ging darauf aus, ihm wieder zu seines Herrn Vaters Grafenhut und Erbe zu verhelfen. Nebenbei hoffte sie durch diese Vergütung, die Sprache wiederzuerhalten und sich nicht mehr ärgern zu müssen, wenn die Gräser und Blättchen, die ihr zu Füßen wuchsen, sich so heimlich flüsternd lange Geschichten erzählten, so leise, daß es nicht einmal das nächste Veilchen hörte.

Hätte der Elfe nur die Eiche verlassen dürfen, so hätte er seinen Zweck, sich mit dem schlanken Jäger zu verständigen, auch wortlos erreichen können; aber so konnte er ja nicht einmal seine Töchter besuchen, die ringsum in schönen Birken, Erlen und Espen wohnten, und mußte seine Botschaften durch die kleine Finkenpost an sie gelangen lassen.

Unter diesen ernsten Betrachtungen war es Abend geworden, und die Nacht nahm alles in ihren dunkeln Mantel. Da kamen drei versprengte Irrlichter durch den Wald getänzelt, die eine Herberge suchten. Es war leider liederliches Volk, das im Lande herumzog und ordentliche verständige Leute, wenn sie nachts vom Biere kamen, in den Sumpf lockte, weil jeder eins von ihnen für des Gevatters Laterne hielt. Sie traten vor die Eiche hin, machten ihre Reverenz und nahmen oben die Flammenspitze ab, die sie eine artige Weile in der Luft herumflattern ließen, ehe sie sie wieder aufsetzten: das sollte aber höflich sein; alsdann baten sie die Eiche um Nachtquartier.

Obgleich nun die Eiche nicht mehr auf unsere Menschenweise reden durfte, so hatte sie doch eine gewisse Art, sich den Naturgeistern, zu denen auch die drei Irrlichter gehörten, verständlich zu machen. Sie gestattete ihnen, ihr zur Seite an ihrem Fuße zu verweilen, und gab ihnen die gehörige Stärkung, die sie ganz hell und frisch aufleuchten machte; sie erzählte ihnen endlich auch des jungen Elmrichs trauriges Geschick und schenkte ihnen die Zeche mit der Bedingung: daß sie ihrerseits alles versuchen sollten, dem jungen Grafen begreiflich zu machen, wer er sei. Es ist traurig, dachte die Eiche, daß ich mich des guten Zweckes wegen mit all dem Lumpengesindel einlassen muß; mit dem Kuckuck, der auch kein sicherer Mann ist, werde ich ebenfalls noch reden müssen – indessen, ich muß denken, ich gehörte zum Elfenfrauen-Verein.

Elmrich dachte gar nicht mehr an seine gestrige Betrübnis; er hatte des Försters hübsche Tochter gern, und das Waldrösel, so wurde sie genannt, schien dem netten Burschen auch nicht gram zu sein. Wie er sie aber einmal gefragt hatte, ob sie ihn wohl leiden könnte, hatte sie erwidert: als Jäger sei er ihr schon recht; aber sie sei noch viel zu jung, um an etwas Ernsthaftes zu denken, und dächte lieber an bunte Bänder als an einen grünen Schatz. Der Vater aber sei nun gerade von der finstersten Sorte, und ihm werde gleich alles zu bunt: darum wollten sie lieber gar nicht mehr miteinander reden, denn der Vater habe eine schwere Hand! Wenn sie aber einander begegneten, so küßte Elmrich eine Rosenknospe, die er immer im Knopfloche trug, das Waldrösel aber lachte: es wußte wohl, daß dies soviel heiße als: ich möchte dir selbst einen Kuß geben. Das Rösel nahm dann wohl einen grünen Zweig und steckte ihn ins Haar, und das hieß soviel als: *wenn ich deine Braut bin!*

Wenige Tage nachdem der arme Elmrich unter der Eiche so bitterlich geklagt hatte, war im nah gelegenen Städtchen die Kirchweihe. Da nun eine Art Jahrmarkt damit verbunden war, ließ es dem guten Jungen keine Ruhe; die Batzen brannten ihm ordentlich in der Tasche, und ehe er sich's versah, war er heimlich auf und davon, um dem Rösel die schönsten bunten Bänder zu kaufen. Sie wird schon dabei auch an mich denken, meinte er. Hilf Himmel, wie kam alles anders, als er gedacht!

Der alte verdrießliche Förster, der nur immer das ins Auge Fallende tat, hatte seit geraumer Zeit Wilddiebe im Forste bemerkt, ohne den Entschluß zu fassen, dem Unfug, den sie trieben, ernstliche Maßregeln entgegenzusetzen. Dadurch waren die Spitzbuben so keck geworden, daß sie sich bis in die Nähe des Forsthauses zu einem Wetterdächlein hinwagten, unter welchem in der harten Winterszeit das Wild gefüttert wurde, um es vor dem Verhungern zu schirmen, und an dessen Eingang eine Glocke hing, um es zu diesem Behuf zusammenzuläuten. Da nun eben in dieser Nacht heller Mondschein war, so daß man die Sechzehnender deutlich unterscheiden konnte, und die Wilddiebe alle Jäger, auch die Bauern umher, auf der Kirchweihe wußten, Elmrich aber, der als Jüngster zu Haus bleiben sollte, sich bei seinem Handel verspätet hatte, so beschlossen sie, das Wild zusammenzuläuten, und meinten, die alte Gewöhnung werde gewiß eins oder das andere hertreiben, obschon der Äsung jetzt die Hülle und Fülle war. Es geschah, wie sie's erwarteten: bei dem Klange der Glocke nahte ein Rehbock und schritt stolz auf den Futterkasten zu. Die Schelme ließen ihn ruhig ziehen, denn sie hofften auf noch bessere Beute. Jetzt hörten sie ein Knistern und Brechen der Zweiglein im dichten Busch, als wie wenn der Edelhirsch naht mit seinem Rudel: sie drängten sich an die Hinterpfosten des Dächleins und legten an.

›Hab ich euch, Bursche?‹ tönte es donnernd hinter denselben, und mitten unter ihnen stand der greise Förster, faßte sogleich den ersten besten, warf ihn zu Boden und spannte den Hahn seiner Büchse. Der Alte hatte eine böse Nacht gehabt und eben das Fenster geöffnet, um frische Luft zu atmen, als plötzlich leise ein Lufthauch den Ton des Futterglöckleins an sein geübtes Ohr trug. Er lauschte – es wiederholte sich, und da er schon halb angekleidet war, stand er nach wenigen Augenblicken vor den Schelmen, als eben der Hirsch, von der Kugel des einen getroffen, zusammenstürzte.

Der Förster war allein, der Diebe waren drei; das hatte der unerschrockene Mann nicht bedacht, und jetzt riß ihn der Zorn über alle Überlegung fort: er faßte den zuerst Ergriffenen, riß ihn vor sich hin, setzte ihm den Fuß auf die Brust und drohte den andern, auf sie zu schießen, wenn sie sich nicht ergäben. Die Wilddiebe hatten nur eine Flinte, deren Schuß eben den Hirsch erlegt hatte; die wilden Bursche erschraken und ergriffen die Flucht, worauf der Förster seinem zitternden und zähneklappernden Gefangenen aufzustehen und vor ihm herzugehen befahl, während er die gespannte Büchse auf ihn gerichtet hielt. Unglücklicherweise vergaß er sich dabei zu wilden Drohungen: nun werde alles anders kommen und dem ganzen Raubgesindel solle mit einem Male der Garaus gemacht werden; man werde ihn schon zwingen, die Schlupfwinkel seiner Genossen zu entdecken, und so fort.

Die beiden andern Spitzbuben, die vorher geflohen, hatten sich nur wenige Schritte entfernt; sie bemerkten, daß der Förster allein blieb, keiner seiner Bursche ihm folgte, und brachen, von seinen Reden aufs äußerste getrieben, aus dem Versteck hervor – sie schossen auf den Förster. Zum Unglück hatte er Geräusch gehört, blickte um – die Kugel ging durchs Herz; der alte Mann sank zusammen.

In diesem Augenblick kam Elmrich; er gewahrte noch die Schelme auf der Flucht, wie sie mit dem Wilde zwischen den Bäumen verschwanden – näherte sich, in der Hoffnung, eine Spur der Täter zu entdecken, und fand den eben verschiedenen Förster. Tödlich erschrocken, versuchte er alles in seinen Kräften Stehende, ihn zu erwecken, rief so laut er konnte um Hülfe – umsonst!

Allmählich war es Dämmerung geworden, der Tag begann die Wipfel zu färben – da kamen die übrigen von der Kirchweihe heimkehrenden Bursche des Weges. Elmrich hörte sie und rief ihnen. Aber ach! anstatt seinen Worten zu glauben, hielten sie in halbem Rausche ihn selbst für den Mörder des Erschossenen und führten ihn der Dorfobrigkeit zu. Hier ward er vorläufig vernommen und bis auf weiteres in ein Unterzimmer des Schlosses, in eine Art Rumpelkammer, gesteckt; denn zu zwei ganz gemeinen Dieben, die im eigentlichen Gefängnis saßen, wollte man ihn nicht sperren, bis er förmlich verhört worden sei, was erst am folgenden Tage geschehen konnte, da der anbrechende ein Feiertag war.

Da lag nun der arme Schelm in einer schlechten Stube voll wunderlichen Gerümpels; da der Festigkeit der Türe nicht recht zu trauen, waren ihm die Arme rückwärts mit einem derben Strick zusammengebunden. Der Tag war draußen so sonnenhell und lustig – er aber saß betrübt, allein und elend, auf der harten Ofenbank und blickte sehnsüchtig durch das vergitterte Fenster in den frischen, frohen Wald. Sein Mut war sehr gesunken, und er sann über die Möglichkeit, seine Unschuld zu beweisen, als er die deutlichen Worte: ›Trau auf Gott! Trau auf Gott!‹ dicht neben sich vernahm. Es war eine fromme Wachtel, die durch eine zerbrochene Scheibe zu ihm niedersah. Er blickte sie freundlich dankend an und dachte: Gutes Tier, habe manchen deiner nächsten Verwandten mit meiner Vogelflinte niedergeschossen – soll aber nicht wieder geschehen; will deines trostreichen Sprüchleins gedenken! Und somit streckte er sich auf die Ofenbank, um ein Stündchen zu schlafen.

Indem er sich umwandte, fiel sein Blick auf die drei Eichenblätter, die ihm kürzlich die alte Eiche geschenkt und die noch an seinem Hute steckten, der neben ihm lag. Er betrachtete sie genau: auf dem einen saß ein Gallapfel. Ach, dachte er, so schmausen wohl Fremde irgendwo auf meinem Eigentum und bauen Hütten; ich aber kann es nicht! – Auf dem zweiten Blatt war ein seltsam geformter gelber Fleck. Sieh, dachte er, gerade so einen gelben Fleck habe ich am linken Oberarme! – Das dritte Blatt war frisch und grün; es saß ein Marienkäferchen darauf. Bringe mir Glück! seufzte er, und bitt für mich bei Unsrer Lieben Frauen. Und damit schlief er ein.

Als er erwachte, lagen die dicken Stricke, mit denen er gebunden gewesen, neben ihm auf der Erde – ein Mäuschen hatte sie zerfressen! Fröhlich sprang er auf und trat ans Fenster, von dem aus die duftende laue Luft ihm entgegenströmte – da bog sich ein Rosenzweig durchs Fenster herein, an dem saß oben ein Rosenkönig, so recht ausgebildet wie ein Reichsapfel, und daneben ein blühendes Röschen. Schon recht! dachte der Jäger, wär ich ein König oder auch nur ein regierender Graf, ich wollte bald mein Röschen freien und es zur Rosenkönigin machen! Aber so – ›Kuckuck!‹ rief's neben ihm. ›Kuckuck!‹ antwortete er, ›ja, mein guter Vogel, ich habe eben nicht viel zu kuckucken!‹

›Kuckuck!‹ antwortete der Vogel.

›Wohin denn, mein kluger Schatz?‹ sprach der Jäger. Da kam eine Elster ins Zimmer geflogen, zwischen die Eisenstäbe hindurch, und flog in eine Ecke auf einen alten Schrein, der dort stand. ›Kuckuck!‹ rief's weiter.

Die Elster kannte er; sie war zahm, und der Förster hatte sie täglich gefüttert. ›Armes Tier‹, rief Elmrich bewegt, ›auch du hast deinen Herrn verloren!‹

Die Elster stocherte mit dem langen Schnabel am Schranke herum und zog endlich mit vieler Mühe ein Papier durch eine Ritze desselben hervor. ›Kuckuck!‹ sagte der Vogel im Fenster.

Wahrhaftig, dachte der Jäger, ihr guten Tiere behandelt mich als euren Verwandten, und wir sind's auch vom Walde her. Ihr erleichtert mir wunderbar meine Einsamkeit und Gefangenschaft! Habt Dank! Und damit bückte er sich und nahm das Papier vom Boden auf, das die Elster hervorgekratzt hatte.

›O!‹ sagte er, ›das ist ja auch ein Baum, aber ein gemalter! Schade, daß ich ihn nicht recht sehen kann; es ist dunkel geworden, und morgen früh um drei holen sie mich ab und führen mich ins Stadtgericht – und mein armes Mädel hat nicht einmal die bunten Bänder, die ich für sie gekauft habe und die noch in meiner Tasche stecken, sondern lauter Kummer und Herzeleid.‹

Indessen schimmerte ein Licht durch die Fensterscheiben. ›Wer kommt?‹ fragte der Jäger.

Da standen drei leuchtende Irrlichter stockstill nebeneinander, als wollten sie ihm leuchten, und der Vogel Kuckuck schrie sich fast den Hals ab.

›Soll ich das lesen?‹ lachte Elmrich. ›Lesen, lesen, lesen!‹ hallte es durch den ganzen Wald.

Ich glaube, ich träume, dachte der Jägerbursch; –indessen trat er doch ans Fenster und betrachtete das Papier. Es war eine Kopie des oben im Saale befindlichen gräflichen Stammbaums. Er folgte aufmerksam von Geschlecht zu Geschlecht, von Ahn zu Enkel und begriff selbst nicht, warum ihn die alten Namen so zauberhaft anzogen; die drei Irrlichter leuchteten dazu. Als sie aber allmählich etwas schwach und müde wurden, weil das Stillstehen ganz gegen ihre Natur ist, schickte der Eichenelf eine zahllose Menge Glühwürmchen und Johanniskäferlein, die setzten sich in dichten Reihen auf die Stäbe des Gitters am Fenster und bildeten eine prächtige Girandole.

Die fernen Bauern aber, die aus der Schenke kamen und das seltsame Leuchten sahen, bekreuzten sich und sprachen still ein Paternoster; denn sie hielten es für ein Anzeichen, daß etwas Großes im Werke sei.

›Heilige Mutter Gottes!‹ sagte Elmrich – ›so ist's denn wahr? Hier steht's ja am Rande geschrieben, daß das älteste Kind des Grafen auf einer Reise in Ungarn von einem Geier entführt worden – und ich bin's! Und bin Graf und Erbe all dieser Ländereien, und hier auf meinem Arme ist der Fleck, an dem man den Verlorenen erkennen soll – gerade wie auf dem Eichenblatt! Und ich sitze hier gefangen auf meinem eignen Schlosse!‹ Indem brach der Morgen an, und die Gerichtsdiener traten ein, ihn abzuholen.

Als Elmrich herausschritt, flogen Elster und Kuckuck mit, um als Zeugen gleich bei der Hand zu sein. Das Gericht erkannte seine Unschuld leicht; denn es war im Walde an den weit durch Busch und Strauch hindurchgehenden Schweißspuren des Hirsches und an alle den geknickten Zweigen und Blättern, auch an den vielen Fußstapfen zu sehen, daß außer unserm Jägerburschen noch mehrere Personen beim Tode des Oberförsters gegenwärtig gewesen. Auch daß sie den Hirsch mit fortgeschleppt und ihn also geschossen hatten, ließ sich beweisen. Ferner hatte man bei seiner Verhaftung keine Flinte bei Elmrich gefunden, und die tödliche Kugel paßte nicht in sein ungarisches Gewehr.

So ward er denn des Verdachts los und ledig gesprochen; worauf er vortrat, den versammelten Gerichtspersonen dankte und sie bat, ihnen etwas vortragen zu dürfen. Hierauf erzählte er seine seltsame Geschichte, zeigte ihnen den Stammbaum, den Flecken auf seinem Oberarme, die Elster und den Kuckuck und bat sie, die Sache zu untersuchen. Da war nun des Fragens, Verwunderns und Vergewisserns gar kein Ende, und erst spätabends wurde der junge Graf in sein Zimmer zurückgeführt, wo er auf sein Ersuchen in strengem Gewahrsam bleiben sollte, bis nach Ungarn geschrieben und die Bewahrheitung dessen, was er ausgesagt, angekommen sei. Eine Menge Volks geleitete ihn zurück; Elster und Kuckuck flogen über seinem Kopfe wieder mit, und den ganzen Weg über leuchteten drei Irrlichter vor. Rösel stand an der Türe, sprang auf ihn zu, fiel ihm von selbst um den Hals und rief schluchzend: ›Ich wußte wohl, daß du kein Mörder bist!‹ – ›Kuckuck! Kuckuck!‹ sagte der kluge Vogel.

Man will behaupten, daß während seiner freiwilligen Gefangenschaft der Gefangene manchmal doch nicht ganz allein gewesen und das Waldrösel Mittel und Wege gefunden habe, sie ihm zu erleichtern. Auch hat man sie damals oft mit bunten Bändern spielen und tändeln sehen, obschon sie sie jetzt nicht tragen mochte, des Vaters wegen.

Endlich kam die ersehnte Kunde aus Ungarn. Die Ortsobrigkeit des kleinen Fleckens, bei welchem das Unglück geschehen, sandte alle nötigen Nachweisungen, einen ganzen großen Wagen voll Dokumente über des Geiers Kinderraub, des jungen Erbgrafens Verschwinden und über die Merkmale, an welchen man das entführte Knäblein erkennen solle, wenn es jemals sich wiederfände. Denn nach den ersten Augenblicken des Schmerzes hatte der verstorbene Graf alle nötigen Schritte getan, um selbst nach seinem Ableben dem geliebten Söhnlein die Erbfolge in seiner großen Herrschaft zu sichern, und alles das gehörig verbrieft und besiegelt.

Die Dorfgemeinde war es herzlich zufrieden, den freundlichen jungen Herrn anzuerkennen; die Vettern aber, die wie die Galläpfel auf dem fetten Gutsboden saßen, wollten nicht weichen noch wanken, sondern verlangten beständig, daß man ihnen alles Mögliche und Unmögliche beschwöre.

Die Sache zog sich lange hin; als aber der ganze Wald zu trauern begann, junge Bäume vom Wilde geknickt, alte vom Sturm gebrochen wie Spreu hinsanken, als das Gras von der brennenden Hitze welkte und dann der Bach das Heu überschwemmte, als Verdruß auf Verdruß sich häufte, ja sogar die Waldvöglein nicht mehr sangen und in eine andere Gegend flogen – da gaben endlich die bösen Vettern nach und nahmen vom jungen Grafen eine schöne Entschädigungssumme an, mit der sie abzogen.

So ward denn das Grafenkind in all seine alten Rechte wiedereingesetzt und bei der Feierlichkeit der Huldigung seiner Untertanen erklärte Elmrich, daß er das hübsche Waldrösel zu seiner Gemahlin erwählt habe, das Schloß aufbauen und darin wohnen, den nahe liegenden Teil des Waldes aber, auf dem die Eiche stand, zu einem Park umschaffen wolle, in welchem kein Tier weder gejagt, gefangen noch geschossen werden solle; dagegen sollten alle Blumen und Bäume aufs sorgfältigste gepflegt werden.

Am Abend vor seinem Trauungstage führte Elmrich das Waldrösel vor die alte Eiche, erzählte nochmals die ganze seltsame Geschichte und beide dankten ihr gemeinschaftlich für den ihnen gewährten Schutz. Auf den Zweigen des alten Baumes saßen Elster und Kuckuck und jubelten laut. Da öffnete sich plötzlich die alte versunkene Erdgrube zu den Füßen des Stammes, gerade an der Stelle, auf welcher die drei Irrlichter die Nacht zugebracht, und hervor stieg ein langer, langer Zug wenige Zoll hoher Bergknappen mit Schürzel, Hammer, Schlägel und Grubenlicht versehen; ihm folgten unzählige kleine barocke Gestalten, allen Ständen angehörend und im herrlichsten Putz, die trugen kleine Blumenkränze, nicht größer als ein Achtgroschenstück; andere hatten winzige Beutel mit Gold, noch andere rotsammetne Kissen, die ihnen sehr schwer wurden, und auf jedem lag ein Edelstein zum Schmuck der schönen Braut. Es folgten kleine Musikanten, die alle möglichen Instrumente spielten und mit ganz feinen Stimmchen sangen; dann kam eine Schar weißgekleideter fingerlanger Mädchen, die trugen alle an der Krone der Braut: und hätt's der Anstand nicht verboten, manches hätte schwer geächzt unter der Last.

Die Sonne stand schon tief, als der kleine Zug aus dem Schacht und um den Baum herumgezogen war; und obgleich die Bergknappen mit ihren Fackeln einen Kreis bildeten, mußten es die Zwerge doch noch nicht hell genug finden, denn auf ihren Wink strömten wohl an tausend Irrlichter aus allen Ecken und Enden des Waldes hervor und führten ein Ballett auf, das in einer Lichterpyramide endigte. Der Sprecher des kleinen Volks hielt eine lange Rede an das Brautpaar und übergab dem Waldrösel die köstlichsten Geschenke, mit denen es sich an seinem Ehrentage schmücken sollte. Hierauf trat der kleine Bergmann unter die Eiche, dankte auch ihr für die durch ihre Wurzeln hin erlaubte Fahrt und sprach zum Schluß über den Wald und die Aue, den Mann und die Frau und alles im Wachsen oder im Werden den mächtigen Segen des Geistes der Erden, der allem Lebendigen Gedeihen gibt.

Die Eiche aber fing an zu tönen, und ihre Klänge waren wie die eines überirdischen Gesanges; dann verhallten sie leise und immer leiser, indem zugleich auch nach und nach Fackeln, Zwerge und Irrlichter verschwanden.

Als sich der junge Graf besann und zum deutlichen Selbstbewußtsein kam, stand er mit seiner holden Braut im Erkerzimmer des Schlosses; aber vor ihnen lagen Gold und Juwelen, die Krone und der herrlichste Brautschmuck, den je eine Gräfin getragen.

Und sie lebten lange und glücklich; die Eiche aber überlebte sie alle!«

Das Hausmärchen

Es war einmal ein altes Haus, darin lebten drei alte Jungfern. Sie hatten ein kleines Auskommen, das sie durch Spitzenklöppeln und feines Nähen zu vermehren suchten. Es gelang ihnen auch nach Wunsch; denn sonntags siedete das Huhn im blanken Kupfertopfe und an hohen Festen wurde Kuchen gebacken und ein großer glänzendbrauner Kalbsbraten empfing ihren Bruder, den Vicarius zu Großhörschau, wenn er nach der Messe in die Stadt kam, um die drei Schwestern zu besuchen und sich einen guten Tag zu machen. Der Vicarius war ein kleines, trockenes, verhutzeltes Männchen, dem der gute Tag mein Tage zu nichts half; er hatte blaßblaue Augen, die er jedesmal zum Himmel aufschlug, wenn von Glück die Rede war, und dabei seufzte er so ganz erbärmlich tief, daß die alten Jungfern mäusestill wurden und sogar die Katze gleich aufhörte zu spinnen.

Eines Abends saßen die drei guten Weiberchen in später Dämmerung beisammen und erzählten sich allerlei von guten und bösen Zeiten. Der Bruder Vicarius war eben mit seinem Blendlaternchen davon und nach seinem ziemlich entlegenen Kirchspiele zurückgegangen. Er hatte heute wieder einmal so schwer geseufzt, daß der Haushund zu heulen angefangen und es einen Stein in der Erde hätte erbarmen müssen, geschweige drei alte gute Jungferchen.

»Ach!« sagte Pinchen, die älteste der drei Schwestern, »ich wollte doch, Bruder Vicarius hätte sich verändert und die schwarze Bärbel zur Frau bekommen, anstatt daß er geistlicher Herr geworden ist! Er hat sich immer noch nicht zufriedengegeben. Hast du ihn heute abend seufzen gehört, Anne Marie? Es läßt ihm wieder keine Ruh.«

»Ja, ja!« erwiderte die gutmütige kleine Schwester – es war die jüngste und frischeste unter den Geschwistern –, indem sie, so gut es ihre etwas kurzen Beinchen gestatteten, das dunkelnde Gemach aufräumte, der Katze die Bratenreste reichte und das Feuer, das zu erlöschen drohte, zur hellen Flamme anschürte, »ja, ja! es drückt ihn immer noch und ist doch jetzt so ein sechzehn Jahr Gras darüber gewachsen. Es wäre mir auch recht gewesen, obschon es wiederum ein Glück ist, daß wir nun einen geweihten Fürbitter haben auf Erden zu Unserer Lieben Frauen im Himmel, die uns und unsere

Sünde vertreten mag!« Und damit setzte sich die gute Alte, ganz abgemüdet, auf ein niederes Stühlchen am Kamin; denn damals gab es noch keine kleinen Öfen wie heutzutage, und die haushohen Kachelöfen fand man nur in Herbergen oder öffentlichen Gebäuden.

»Jesus Maria Joseph!« fuhr die mittlere Schwester, eine hagere, lange Xanthippengestalt, dazwischen, »ihr hättet wohl gern die faule Strunze, die böse Ilse, niemand will sie, die Bärbel, hier als Schwägerin im Hause! An *nichts* glaubt sie, arbeiten mag sie nicht, aber kommandieren tut sie den lieben langen Tag – Anne Marie! so schlage doch Licht an, es ist ja ganz schummerlich! Das Feuer raucht auch wieder! Du kannst doch gar nichts ordentlich machen, und alle Minuten hat man bei dir das Nachsehen! Ja, die schwarze Bärbel, hübsch war sie, das muß wahr sein, aber keine Christin!«

»Ob es nur wahr ist«, fragte Pinchen, »sie soll von Apolda weggezogen sein, weil der Landreiter gestorben ist. Gelt, er war auch der neuen Lehre, die Gott uns fern halte, zugetan? Habt Ihr neulich wohl mit angehört, was der Pater Remigius erzählte? An Geister glauben sie da drinnen im Weimarischen, nicht so an Gespenster, arme Seelen, die umgehen, bis sie ins Fegfeuer kommen, sondern –«

»Was du für dummes Zeug schwatzest, Kind!« murmelte Agathe. »Alle Seelen müssen ins Fegfeuer. Bist du heute in der Seelenmesse gewesen für den Handschuhmacher Jobst? Morgen muß die Anne Marie hingehen!«

»Jawohl, Gott sei seiner armen Seele gnädig! Aber alle Seelen bleiben doch nicht im Fegfeuer, bis sie zu unserm Herrn ins Paradies kommen. Weißt du es nicht mehr, Agathe, wie der Brauer, der seinen Gesellen erschlagen und ins Gebräu geworfen hatte, wie der sieben Nächte über den Kirchhof, die Magdalenengasse hinauf, mit dem Braukessel auf dem Kopfe – oder nein, statt des Kopfes auf den Schultern –«

»Unsinn!« eiferte Agathe. »Alle Seelen kommen ins Fegfeuer, und übrigens glauben die da drinnen auch an Kobolde und Hausgeister – Naturgeister nannte es der Pater Remigius.«

»Höre 'mal«, flüsterte die kleine Dicke, »ist's denn auch ganz gewiß nichts damit, Pine? Ich bitte dich, Kind, schlag Licht an! Sieh nur den Schrein da in der Ecke, er sieht aus wie ein alter grauer Mann, der sich duckt. Es läuft mir immer kalt den Rücken hinab, wenn ich so was höre von Kobolden. Hat dich der Alp schon 'mal gedrückt, Pine? Herr Jesus, was guckt denn über den Tellersims?«

»Narretei und kein Ende!« brummte Agathe, »es ist meine alte Haube, ich habe sie über den Essigkrug gehängt!«

»Aber«, fragte immer noch etwas verschüchtert Schwester Pine, »glaubst du denn nicht an den bösen Blick und an Hexen? Und dann gibt es noch all die greulichen Geschichten vom Gottseibeiuns, der sich in eine schöne Buhlerin verwandelt –«

»Ja, *das* ist etwas ganz anderes«, versicherte jene; »das muß jeder rechtgläubige Christ zugestehen, daß Satans Macht in den verschiedensten Gestalten dem armen Menschen nachzustellen die Kraft hat. Ich habe schon hundertmal bei mir selbst gedacht, ob die schwarze Bärbel dem Bruder Vicarius nicht so irgend etwas beigebracht hat, daß er so entsetzlich fest an ihr halten mußte? So eine Art Tränkchen –«

»Um Gottes willen, Schwester! ich bitte dich, sieh! da in der Ecke, da wirbelt und schwirbelt 'was, so niedrig an der Erde hin. Seht ihr nichts?«

»Was die Dirne einem das Leben sauer macht! Was in aller Heil'gen Namen soll ich denn sehen? Ich sehe deinen Spinnrocken, den du angelehnt hast, und des Bruders graugrüne Pantoffeln, die er vergessen hat. Hui! der wird sich ärgern! Das Wetter ist so rauh genug, und der Regen schlägt schon seit einer Viertelstunde ans Fenster.«

»Ich halt's nicht aus!« rief aufspringend die Anne Marie. »Ihr mögt sagen, was ihr wollt, es bewegt und regt sich dort in der Ecke. Ihr glaubt nicht daran, aber es ist noch außer uns etwas Lebendes im Hause. Ach du mein Heiland! wenn es nur kein armer verdammter Geist ist, wenn es doch lieber so einer wäre vom stillen Volke, von dem die Christel sprach, so ein Hütchen oder Gütchen, so ein Naturgeist, von denen der Pater erzählte.«

»Willst du schweigen!« fuhren Agathe und Pine die Erschrockene an. »Du rufst uns das Übel noch ins Haus mit deinem Geschwätz.

Satan kann jede Form annehmen und durch dein leichtsinniges Reden lockst du ihn, dich zu versuchen.«

In dem Augenblicke schlug die Vesperglocke an; die drei Schwestern verstummten, nahmen still jede ihr Gebetbüchlein und ihren Rosenkranz und begannen leise das *Ave Maria* zu flüstern. Sie waren aber nicht weit vorgeschritten im andächtigen Werke, als drei deutliche Schläge an die Haustür jemanden meldeten, der Einlaß begehrte.

Nachdem die Schwestern eine Weile überlegt, wer es wohl sein könne, zu so unpassender Stunde bei solchem Wetter, und ob es überhaupt ratsam sei, zu öffnen, überwog die Neugier, und die jüngste und älteste trippelten hinunter, um aufzuschließen; Agathe aber folgte bis zum Treppensims, von dem aus sie die Lampe hinabhielt, um den Schwestern zu leuchten.

Als die Tür geöffnet war, trat ein etwa vierzehnjähriges feines Dirnchen ein, das ein Paar pechschwarze Augen zu Schwester Agathe aufschlug und einen Knicks machte. Ehe sie aber noch die roten Lippen zur Anrede zu öffnen vermochte, hatten Anne Marie und Pinchen zugleich ausgerufen : »Bärbel, Bärbel! wie sie leibt und lebt!«

»Ach nein!« sagte nun die Kleine, indem ihr plötzlich die dunkeln Augen tief unter Wasser standen, »ach nein, sie lebt leider gar nicht mehr, und ich bin nur ihre Tochter. Am Mittwoch, früh halb neun Uhr, haben wir sie begraben. Und weil sie mir so oft von ihrer Jugend und ihren Jungfer Basen und dem Herrn Vetter Vicarius erzählt hat – und weil ich so ganz mutterseelenallein bin auf der Welt« – hier ging ihr die Stimme in zitterndes Schluchzen über –, »so bin ich hergekommen, um die Jungfer Basen zu bitten, daß sie sich meiner annehmen und mir raten, was ich anfangen soll.« Und damit machte sie wieder einen kleinen Knicks.

Schon während ihrer ersten Worte war Agathe mit der Lampe die Treppe herabgekommen und stand jetzt, das zierliche Mädchenantlitz scharf beleuchtend, vor der Sprechenden. Mit dem magern Arm die Messinglampe hoch emporhaltend, sah sie wunderlich genug aus, und ihre tiefgewordenen harten Züge bildeten einen herben Kontrast zu der Anmut des armen Kindes, dem das Wort auf den Lippen erstarb. Ein sehr genaues Examen, das sie sogleich über dasselbe ergehen ließ, brachte indes keine weitere Auskunft. Schön Bäschen wußte selbst nicht recht, was eigentlich sie hergetrieben; am meisten war es wohl die Angst vor den vielen seit den Altstädter Unruhen sich noch umhertreibenden Aufrührern und Malkontenten.

Nach des Vaters Tode, der als Lanzknecht in Mainz im kurfürstlichen Regiment gestanden, waren Mutter und Tochter von Dorf zu Dorf endlich nach Apolda gezogen, wo ihm eine Muhme lebte, auf deren Erbschaft und Beistand er sie hoffend zu verweisen pflegte, wenn es ihnen schlecht ging. Kaum aber hatten sie einige Monde daselbst zugebracht, so rührte die Base der Schlag: sie blieb tot auf dem Flecke, ohne ein Testament gemacht zu haben. Mutter und Tochter lebten von da an kümmerlich von ihrer Hände Arbeit, bis erstere erkrankte und nach wenigen Wochen auch starb.

Die durch stets erneute Religionskämpfe erzeugten Unruhen, die Drangsale, der ein ganz einsames Mädchen während derselben ausgesetzt war, rechtfertigten den Versuch des armen Kindes, die einzigen ihr noch übriggebliebenen Verwandten aufzusuchen. Daß hierbei die Form ihres nach des Vaters Tode allmählich der neuen Lehre sich zuneigenden Christentums irgend Einfluß haben könnte, fiel ihr gar nicht ein; waren es doch Blutsfreunde, zu denen sie zog.

Und dann hatte Marianne einen so fröhlichen Mut! Die Sonne schien ihr immer ins Herz. Sie kam sich wie eine Weitgereiste vor, denn sie kannte Weimar und Apolda! ja, sie hätte nur fünf Jahre früher geboren zu werden gebraucht, um gar das Licht der Welt zuerst in Mainz zu erblicken, wo der Vater in Diensten des Kurfürsten stand, als er die Mutter ehelichte. Darum hatte das Soldatenkind auch des Vaters Keckheit und Wanderlust geerbt; so reiste sie denn in Gottes Namen frischweg zu den alten Geschwistern nach Erfurt, ohne erst deshalb bei ihnen anzufragen; sie meinte, dort müsse alles gut werden, wenn sie auch nicht eigentlich sagen könne wie. Als aber Schwester Agathe mit der Messinglampe so dicht vor ihr stand und ihr so scharf ins Gesicht leuchtete, hätte sie fast lieber geweint, wenn sich's nur geschickt hätte in Gegenwart der Jungfer Basen! Ein Glück war es, daß diese sie ausfragten; sie hätte ja wahrhaftig sonst gar nichts zu sagen gewußt.

Über all dem Erzählen und Plaudern war die Nacht weit vorgerückt; das Mädchen ward bei Schwester Pinchen untergebracht, und es wurde still im alten Hause.

Nur der Anne Marie, die zu Ehren einer Großtante mit dem neuen Ankömmling dieselben Namen führte, kam es heute minder still vor als sonst. Sie hätte gern geschlafen, denn am nächsten Morgen fing ihre Wirtschaftswoche an: aber sie hörte sich's draußen fortbewegen. Das war das Holz am Herd – es klang wie leises Spalten desselben. Ich hab's vergessen, dachte Anne Marie – jetzt hebt's den Wassereimer – nun klingt's gerade wie Schlösserputzen – oder es reibt auf dem Eichenschranke herum – jetzt ist's am gewundenen Fuß der Truhe!

Sie stand leise auf und wagte es, durchs Schlüsselloch zu blinzeln, sah aber nichts als einen matten Lichtstreifen und huschte ängstlich zurück ins Bett.

Die Turmuhr schlug sechs. Erschrocken fuhr Anne Marie auf; sie hörte die Leute schon aus der Frühmesse kommen und eilte ins Wohnzimmer. O, wie wird Schwester Agathe schelten, daß sie schon am Montag verschlafen! Aber wie sonderbar! da lag heute auch nicht das mindeste Stäubchen – es war ja wie schon gekehrt! Bänke, Stühle und Tisch glänzten im Morgenstrahl, als habe sie stundenlang an ihnen gebohnt und gerieben. Das kleine Holz mußte gestern gar nicht alle geworden sein, es lag davon noch viel unterm Herd; und auch Wasser war da, und wie frisch und klar! Heute hatte ja Anne Marie auch nicht das mindeste zu tun, und Agathe lobte sie obendrein beim Frühstück, daß alles so gar wohl geraten.

Die gute kleine Dicke dankte innerlich ihrem Herrn; sie hätte gern über den Zusammenhang nachgedacht, wenn das Nachdenken nur überhaupt ihre Sache gewesen wäre.

Nach dem Frühmahl hielten die Schwestern Rat und beschlossen, die Nichte bei sich zu behalten; denn, meinte Agathe, ich werde etwas alt und kann doch nicht mehr alles allein tun! Anne Marie und Pine dachten heimlich, daß sie doch wohl das meiste täten, sagten aber kein Wort.

So blieb nun Marianne, das frische Dorfröschen, als Hausgenossin im alten Hause und nahm den drei guten Schwestern jeden Tag ein

Stück ihrer Arbeit ab: Treppe und Sims, Herd und Geschirr, Schränke und Tische glänzten vor Reinlichkeit, und doch hatte das Mädchen noch Zeit übrig. Sie tanzte und hüpfte den ganzen Tag im Hause umher, besuchte die Messe, begleitete, trotz seinen Seufzern, den Vetter Vicarius sonntags ein gut Stück Wegs und trug ihm die Laterne vor, wenn er abends heimging. Freilich nahm sie dann Nachbar Seilers Hans mit zu ihrem Schutz; der war ja aber ein Kind von fünfzehn Jahren und diente dem Vater als Ladenbursche; und der Vicarius meinte wieder glücklich zu sein, wenn er mit den beiden fröhlichen Kindern so hinging, vergaß zu seufzen und träumte in seine schönen Jugendtage sich zurück.

Am lieblichsten war Marianne in der Abenddämmerung, wenn sie, den guten Alten zur Seite, auf einem Schemel saß und am Rocken Seide spann, was ihr die Mutter gelehrt, und dabei erzählte oder sang: dann war's, als ob die Flamme im Kamin zu dem holden Kinde sich neige; das Feuer brannte so still und geräuschlos: es hörte zu; die Gläser auf dem Simse klangen leise mit – oder was konnte es anders sein, das so liebwehmütig drein tönte wie eine Harmonikabegleitung? Und dann erzählte sie vom stillen Volke – es ist nur ein Märchen, sagte sie, – das unterm Herd wohnt und leise flüstert und die kommenden Schicksale heimlich bespricht. Die Menschen hören's wohl, meinen aber, es ist die Suppe, die da kocht; und dann erzählte sie weiter von ihren kleinen Hochzeiten und Kindtauffesten.

»Gott verzeih dir das sündige Geschwätz!« fuhr Agathe auf. »Wie können denn verdammte Seelen das Sakrament entweihen?« und sie bekreuzte sich.

»Sie entweihen es nicht, Base!« versicherte Marianne; »aber es sind auch keine verdammten Seelen, Gott hat sie lieb wie uns, aber er hat ihnen andere Pflichten und eine andere Bahn gegeben als uns Menschen; und wenn in einem Hause ein Segen gesprochen wird und ein Mitglied desselben taufen, weihen, trauen oder begraben läßt, so schließen sich die kleinen Leute hinten dem Zuge an und warten an der Kirchtür, bis der Segen gesprochen wird, denn ein kleiner Teil desselben fließt auf sie nieder. Gottes Segen ist ja so überschwenglich, der reicht für uns alle aus! Das mit eingesegnete kleine Geisterkind aber gehört von da an mit zu dem Hause, dem es angeweiht worden, besonders zu der Person, die ihm den Segen verschafft hat: es dient ihr und liebt sie, solange sie lebt.«

»Alle gute Geister!« sprach der Nachbar Seiler, der indes hinzugetreten war. »Wo hat die Dirne das alles her?«

»Ich weiß es wahrhaftig nicht, Meister Miller!« erwiderte die Kleine ganz weinerlich; »es ist mir alles so mit einem Male eingefallen; es war gerade, als flüsterte mir's jemand zu. Aber es ist doch wohl nur ein Märchen!«

»Wenn du doch lieber auf deinen Spinnrocken sehen möchtest«, brummte Base Agathe.

»Aber es ist alles abgesponnen!« sagte das Mädchen. »Wenn ich erzähle, dann geht's erst recht schnell!«

»Ach!« meinte die dicke Anne Marie, »wenn ich mich nicht so fürchtete, hörte ich gern zu. Es muß hübsch sein mit so einem Gütchen!«

»O ja!« versicherte Hans, der eben gekommen und nur das Warum vergessen hatte und also wartete, daß es ihm einfiele; »aber es gibt auch Poltergeister, das heißt böse Hausgeister, die werfen nachts alles übereinander, verraten der Hausfrau, wenn die Magd einen Schatz hat, saufen den Kindern die Milch, den Alten das Bier aus; – hu! die sind schauerlich. Unten in Gevatter Hirpels Weinkeller sitzt einer, der ächzt und stöhnt, daß mir's, wenn ich nur daran denke, kalt den Rücken hinauffährt –«

»Das ist ein Schauder«, sagte Anne Marie, »von dem hab ich gehört, daß er aussieht wie eine Ratte und doch auch wie ein klein Kerlchen. Wenn die andern Geister Leute einängsten, läuft er ihnen mit den spindeldürren Beinchen über das Rückgrat und tritt sie mit den kleinen eiskalten Klauen – wir sagen: es läuft einem der Tod übers Grab!«

»Aber warum willst du so häßlich von den Kleinen denken?« fragte Marianne. »Du und ich haben der Großtante Namen; wer weiß, wir könnten schon ein gemeinschaftlich Gütchen von ihr ererbt haben! und ich will meinen Hausgeist künftig in Ehren halten, ein Schälchen Milch ihm hinsetzen alle Abend und Weihnachten einen Stollen ihm backen: es freut ihn, wenn er auch nichts davon genießt.«

Als aber über dem Reden Schwester Agathe ernstlich böse ward, schwiegen die beiden.

Es war um die Weihnachtszeit herum, als Marianne einst beim Schlage Mitternacht erwachte; eine liebliche Musik, so dünkte es sie, hatte sie erweckt. Der Mond schien durch die eingeschnittene Lilie des Fensterladens und legte seinen breiten Lichtstreif auf ihr Bett; am Ende desselben stand eine kleine graue Gestalt, deren Züge sie im Halbdunkel nicht zu unterscheiden vermochte. Als sie aufschreiend in die Höhe fuhr, war alles verschwunden. Das Glockenspiel vom Turme wiederholte die Melodie, die sie wach gerufen, doch in Tönen, die sie nie vorher gehört und die endlich, leise und leiser verklingend, ihre Gedanken wieder in Schlaf wiegten.

Am nächsten Morgen fiel ihr mit einem Male ein, daß heute ihr Geburtstag sei. O weh! mir wird niemand etwas schenken! seufzte sie, und zwei helle Tränen rollten in das Bettstroh, das sie eben umschüttelte. Die klaren Tropfen fielen auf den dunkeln Purpur eines Gegenstandes in der Streu, den sie nie vorher bemerkt. Sie zog ein Juwelenkapselchen hervor; es war altmodisch, mit Silber beschlagen und verschlossen. Marianne drückte versuchend am Schlosse hin und her: es sprang auf und eine wunderschöne Halskette von hellroten Karfunkeln und zwei Ohrenspangen blitzten ihr entgegen. Der Schmuck war in Silber und Gold gefaßt; als sie am Schloßhäkchen nestelte, bemerkte sie ihren eigenen Namen, *Marianne*, und den richtigen Datum, nur die Jahreszahl darunter war um volle hundert Jahre älter, sie las *1423*.

Die hat unserer Großtante angehört, sagte sie leise und nachdenklich – und so haben wir wohl auch denselben Geburtstag! Und plötzlich fing sie wieder an, gar herzlich zu lachen, und lachte, lachte in einem fort, bis ihr die hellen Tränen in den Äuglein standen. Und, kicherte sie, wir haben auch ein Hütchen oder Gütchen, die Großtante und ich, und das graue Männchen, das diese Nacht an meinem Bette stand, hat mir den Schmuck gebracht. Schön Dank! sagte sie, immer noch lachend, und machte wieder ihren kleinen

Knicks, dann aber lief sie geschwind, es den Jungfer Basen zu erzählen.

Die Basen trauten ihren Ohren kaum; sie wurden ganz still, und Pinchen ward ausgeschickt, um den Bruder Vicarius zu holen; Agathe aber bekreuzte sich.

Das Geheimnisvolle und Wunderbare des Geschenks regte Marianne unbeschreiblich auf. Sie vermied, weiter davon zu reden, aber das Geisterhafte des Ereignisses wirkte fort in ihr.

Spätabends schlich sie in das Wohnzimmer zurück und stellte dem Gütchen Semmel und Milch hin; am nächsten Morgen war beides verschwunden, nur ein Rosmarinstengel lag an der Stelle. »Von Seilers Hans!« meinte Pinchen, aber Marianne wußte das besser.

Und wirklich schien ein zartes Band das holde Kind einer höhern Welt zu verbinden; das ganz seltsame Gelingen in all ihrem Tun fesselte selbst des Seilers scharfe Zunge und zog alle nähern Freunde des alten Hauses und seiner Einwohner unwiderstehlich zu ihr hin; und sogar fernstehende Bekannte wandten sich in kleinen Verlegenheiten gern an die hübsche Dirne, die immer half, immer das rechte Wort, den besten Rat und Handgriff hatte; dem kranken Kinde, der nicht milchgebenden Kuh brachte das Mädchen nach kurzem Besinnen Hülfe, und wohin sie die weißen Finger steckte, faßten sie das Glück.

»Sie findet Gnade bei Gott und Menschen!« sagte seufzend der Vicarius. »Auch bei Euch, Oheim!« ergänzte lachend die Kleine – und hatte recht.

Indessen war es dem Bruder Vicarius seit Auffindung des alten Familienschmucks sehr bedenklich ums Herz. In seines Ältervaters Meßbuche stand wirklich der darauf angegebene Geburtstag der Großtante angemerkt, die aus Liebesgram früh gestorben. Der Schmuck – dessen konnte er selbst sich noch aus der Kinderzeit erinnern – war in der Familie der Nibelungenhort, der verlorene Schatz, gewesen; Großvater, Großmutter und sogar die Eltern hatten oft davon erzählt. – Ein Goldschmied, dem der Vicarius jetzt den einen Ohrenreif gezeigt, hatte einen großen Wert desselben angegeben. Seitdem brannte die rote Sammetkapsel dem frommen

Vicarius in der Tasche, und die Karfunkeln blitzten ihn an wie feurige Teufelszungen, die nach seiner Seele lechzten. Er kämpfte lange und schwer mit sich, ob er der Kleinen nicht sogleich den Schmuck abnehmen solle, um sie vom Versucher zu erlösen. Nein, sagte er endlich, leise im Zimmer auf und ab gehend und fast unhörbar auftretend, als wolle er niemanden stören, sie soll das gute Werk selbst tun, den Mammon opfern und dafür ein Kirchlein bauen zu Ehren der Mutter Gottes mit dem Schwert im Herzen; darin wollen wir beten für die Seele der Großtante und für die ihrer Mutter, die vielleicht doch glücklicher geworden wäre, wenn – da überkam ihn das Seufzen; er blickte ganz verschämt in eine Ecke und fing an, sein Brevier zu lesen.

Marianne ahnete gar nicht, was ihr bevorstand. Eine Stunde vor Christmetten schlich sie auf Strümpfen zurück in die Wohnstube, in deren Winkel ein Christkripplein gar schön aufgeputzt war zu Ehren des morgenden Festes. Seilers Hans, sie und noch ein Kind aus der Nachbarschaft wollten die anbetenden Hirten an demselben vorstellen; sie hatten ein schönes Lied einstudiert, und ihre mitgebrachten Opfergeschenke sollten die Bescherung abgeben, deren Gebrauch damals eben begann, für die Geschwister. Den ganzen Abend hindurch hatte sie aufgeputzt und geordnet, und nun trieb es sie nochmals zurück, nachzusehen, ob auch gewiß nichts fehle.

Als sie aber vom Gang aus durch ein daselbst angebrachtes Fensterlein in die Wohnstube schaute, fesselte ein nie vorher empfundenes grausendes Erstaunen sie an die Stelle. Atemlos blickte sie hinein: das ganze Zimmer war hell, obschon kein Licht darin brannte, und zu Füßen des K첩ppleins saß das nämliche graue Männchen, das ihr den Karfunkelschmuck gebracht. Es war noch jung und hatte doch schon alte Züge im feingeschnittenen, nachdenklichen Gesicht; die zarten Hände waren wie Lilien anzusehen, und der grau bestiefelte vorgestreckte Fuß erschien fast kleiner als der ihre. Das Röckchen des Männchens schimmerte grau-seltsamlich, er erinnerte an Wasser und an Spinngewebe; den Kopf deckte ein graues Hütchen, das am Rock befestigt war und zurückgeworfen einer Kapuze glich. Die graue Gestalt saß auf der ersten Stufe des kleinen Aufbaues und flüsterte mit einem andern, doch grobem Gesellen seiner Gattung, der vor ihm stand und etwas Wurzelähnliches in den geschnörkelt schiefen Beinchen hatte; dieser trug einen braunen

Rock, der, wie von Ratten angefressen, fetzenhaft um ihn herschlotterte, und eine Mütze von Rattenfell, an der man den Kopf des Tieres sah.

Während dieses heimlichen Zwiegesprächs fuhr plötzlich das Fenster schrillend auf, und mit einer Ladung schwirbelnder Schneeflocken huschte eine dritte, noch wunderlichere Gestalt ins Gemach und zu den andern hin. Es war eine Frau, deren ganzer Körper aus Schleiern zu bestehen schien, sogar das Gesicht schien bei jeder Bewegung überflort zu werden. Sie sprach in einem etwas singenden Tone, der an eine Glasharmonika erinnerte:

>»Über Stock und Stein gesäuselt,
Hin und her vom Wind gekreiselt,
Komm ich, Nebelwitwe, ich.
Ihr seid warm, hu! wie friert mich!

Mit Eisblumen hab ich die Fenster geschmückt,
Den Hof, und den Stall, und den Brunnen beschickt,
Eiszapfen am Dache ringsum aufgehangen,
Den bellenden Hund und die Katz eingefangen;
Hab mit meinen Schleiern die Treppen gefegt
Und rings alle Reiser zu Bündeln gelegt;
Die Milch angehaucht, daß sie morgen leicht rahmt;
Die Blätter gehäufelt, auf dem Weg, den ihr kamt;
Die Hefe gehoben, das Bier eingesegnet,
Die Luke geschlossen, wo's jüngst eingeregnet,
Das Stroh wie von selbst um den Keller gehäuft
Und das kleinste der Hälmchen aus dem Wege geschleift.
Dann spann ich zu Ende den Flachs dort am Rocken
Und wärmte das Öl, daß die Pendel nicht stocken
Und zeitig erwecken zur heiligen Mette
Die schläfrigen Menschen im weichlichen Bette.

Ach! dürft ich hier weilen, mit ihnen verkehren,
Sie schützen, beraten, sie schelten und lehren!
Ich bin nur der Geist, der in stockfinstrer Nacht
Das Haus, Hof und Brunn'n und die Schwelle bewacht!«

Der braune Bursche, der ihre Rede mit steigender Ungeduld angehört, fuhr nun heiser lachend dazwischen:

>>Im Keller, im dunkeln, munkeln,
Die Menschen schrecken, necken,
Das ist mein Spiel und Ziel.
Knacken, knurren, knarren,
Heulen, fahren, scharren,
In tiefen Spalten
Verhalten, schalten,
Und auf sie harren,
Um sie zu narren,
Mit Knistern und Flüstern,
Den alten Geschwistern
Ein Angst und Graus,
Das lieb ich im Haus.
Ihr eßt vom Teller,
Ich hock im Keller
In stillem Grimme,
Bloß eine Stimme.
Wie eine Ratte in dunkler Falle –
Ist's noch nicht alle?<<

Da aber richtete sich das kleine graue Gütchen auf und sah den wilden Wurzelmann stirnrunzelnd an. >>Du Unhold!<< drohte es, >>du weißt, daß du nur in dieser einen Stunde deine ehemalige Gestalt zeigen darfst; morgen bist du ja nur eine Stimme, ein ächzender Laut, ein knarrendes Tor, ein Echo im Keller – und heute verschwendest du dich an dem nutzlosen Ärger? Ich bitte euch, steht mir lieber beide zur Seite, helft mir mein Segensschwesterlein schirmen und behüten! Du, werte Nebelwittib, sprich mit der Frau Hulle am Brunnen, daß auch sie uns beisteht, und du, wilder Bursch, schreck mirs Jungfräulein nicht! Es ist's wert auf alle Weise; es achtet uns Geister allerwege in Haus und Hof. Es hat gar eine gute Hand und zerbricht kein Band, das uns Geister an das alte Haus, an den alten Herd bindet. Mir setzt sie allabendlich Milch und Weck vor die Tür und ihr Aug tut mir nicht weh, und ihre Zunge reißt nicht an meinem Dasein hin und her; sie neckt, zerrt und quält mich nicht unnütz in den Tag hinein.«

»Ja, das ist wahr«, knarrte der Wurzelmann, »sie höhnt auch mich nicht, schimpft mich nicht; wenn ich murmele und ächze, schlägt sie still ein Kreuz, aber sie jagt mich nicht mit bösen Verwünschungen in mein Kellerloch zurück. «

»Sie tritt kein Hälmchen nieder und kein Käferlein tot auf meinen Wegen«, sprach die Nebelwitwe. »Sie freut sich, wenn ich ihr spinnen helfe, und braucht mich doch wenig, denn es ist gar ein dralles flinkes Ding!«

»Darum halten wir sie in Ehren!«

Und nun huschten alle drei zusammen und flüsterten heimlich weiter. Das Gespräch wurde unhörbar.

»Aber hüte dich!« sagte endlich die Nebelwitwe, einen schneeweißen Zeigefinger in die Höhe hebend.

»Ja, ja! hüte du dich!« grinste der Wurzelmann, »daß du nicht auch eine bloße Stimme wirst! Hi, hi, hi! eine Stimme im Kellerloch! Hi, hi, hi!«

Mariannen versagte der Atem; sie schloß die Augen, um nicht mehr zu sehen. Nach einer Weile ermannte sie sich und lief zurück in ihre Kammer. Eben schlug die erste Glocke an: »Christ ist geboren!« und nun die zweite, nun die kunstreich geläutete Quint, und wie Engelstimmen noch einmal darüber die kleinen silbernen Campanellen, und mitten darin unterschied sie deutlich die eben gehörten drei Geisterstimmen, die ein Trio sangen: »Preis und Ehre dem Menschengebornen, dem Herrn!«

Mariannen brachen die Kniee zusammen; sie betete still das Credo mit, da tönte ein leises, wie auf Luftwellen getragenes »Amen!« in ihr Ohr – wie ein Hauch berührte etwas ihre Stirn – ihr schwanden die Sinne.

»Marianne! Mädchen! He, Marianne! Die Mette!« klang es dazwischen; und der kleine Vicarius stand an der Türe und hinter ihm Schwester Agathe, die mit Mühe *des guten Tages wegen* das Schelten unterdrückte. Und alle begaben sich in die Kirche, und nach der Frühmette kamen die Freunde und Nachbarn, das Kripplein zu beschauen und den Morgenimbiß mit den Geschwistern zu teilen; und die Kinder sangen ihr Hirtenlied und übergaben ihre Geschenke; Mariannen aber war während des Singens beständig, als übertöne eine Oberstimme das Lied, wie vorhin die Campanelle das Glockengeläute.

»Liebes Kind!« sagte am andern Morgen der Vicarius, »es ist ein heiliger Tag heute, gar geschickt zur frommen Überlegung und Besprechung. Nicht, als wollte ich dich schelten, nicht, als dächte ich dabei an mich« – er seufzte –, »aber du hast ein wunderseltsamlich Glück gehabt, ein ängstlich Glück, das, hätte sich's vor zwanzig Jahren ereignet« – er seufzte sehr und sah nieder auf das Brevier in seiner Hand – es war aber, als habe er Mut gefunden in diesem Augenblick, denn plötzlich richtete er die blaßblauen Augen ganz fest auf Mariannens rosiges Antlitz: »Weißt du es ganz gewiß«, fragte er mild, »daß dieser Schmuck« – er nahm ihn vom Tische – »der nämliche ist, den die Großtante verloren, und nicht ein Afterbild, eine Versuchung des Bösen, die Gott zuläßt, auf daß du sie überwindest?«

»Ich weiß wohl, Ohm!« schluchzte die Kleine, »Ihr haltet mich des schönen Schmucks nicht wert.«

»Marianne!« sagte der Vicarius, und ein heftiges Zittern überflog seine eckige Gestalt, »ich frage dich, ob du überzeugt bist, daß dies der nämliche Schmuck ist, den der Kurfürst der seligen Großtante an ihrem Geburtstage als Brautgeschmeide geschenkt und der plötzlich spurlos verschwunden war und bis jetzt es blieb – den du aber gefunden haben willst.«

»Oheim!« flüsterte das Mädchen, »ich habe ihn gefunden.«

»Und du weißt nicht, wer ihn gebracht?« Dem armen Vicarius schwindelte, er mußte sich an die Lehne des Sessels halten.

»Ohm! was habe ich Euch getan?«

»Kind! Kind! ich frage, was hat man dir getan? Marianne, wie kam der Schmuck in deine Hand?«

»Oheim!« erwiderte Marianne, sich stolz aufrichtend, »was ich gewiß *weiß*, habe ich Euch gesagt; was ich aber vermute, ist so erstaunlich, so träumerisch – ich weiß es nicht, ich fühl es nur hier in meinem Herzen.«

»Sprich!« sagte der Vicarius, indem er seinen Rosenkranz hervorzog und die Augen niederschlug.

»Ich glaube, das Gütchen hat ihn irgendwo hergeholt und ihn mir geschenkt.«

»Alle guten Geister loben Gott!«

»In Ewigkeit, Amen!« erwiderte Marianne.

Die kleine verhotzelte Gestalt des Vicarius schlotterte vor gewaltigem Zittern; er war von der unmittelbaren Gegenwart des Bösen überzeugt, der schon die Klauen nach dem ewigen Heil des geliebten Kindes ausstrecke – aber dennoch ermannte er sich und sprach mit lauter Stimme die Formel, die den Satan beschwört und austreibt. »Hebe dich weg, verfluchtes Höllenblendwerk!« schloß er; »und du, meine Tochter, bitte die Vierzehn Nothelfer um ihre Fürbitte, auf daß deiner armen jungen Seele kein Schade geschehe!«

Und mit gewaltiger Hand ergriff er das Mädchen und drückte sie nieder, daß sie auf die Kniee fiel neben ihm; aber die Steine, die er hielt, blieben unverändert und das Mädchen sah, verwundert und erschreckt, bald auf ihn, bald auf den Schmuck, indem ihre blühenden Lippen die nur halb verstandenen lateinischen Worte wiederholten, die er ihr vorsprach.

»Gib den Mammon der Kirche, Marianne!« sagte der Alte nach einer Weile; aber die Kleine schüttelte den Kopf und ihre Tränen flossen unaufhaltsam.

In demselben Augenblick schlug der schon mehre Male erwähnte Harmonikaton an beider Ohr; er klang stärker denn je vorher.

»Seht Ihr's?« sagte das Mädchen, »er gibt mir recht; gewiß, der Schmuck ist mir bestimmt!«

Da flog die Tür auf, und mit lautem Jammerton traten die drei Schwestern ins Zimmer; sie brachten die Scherben des großen Glaspokals, aus welchem der Vicarius bei feierlichen Gelegenheiten zu trinken pflegte, der plötzlich oben auf dem Tellersims in tausend Stücke zersprungen war. Die Realität überwog auch hier wie in den meisten menschlichen Dingen. Vor lauter Mutmaßen und Bedauern des Unglücks ward die wichtigere Frage vergessen.

Marianne schlich still davon mit ihrem Schmuck; als sie aber in ihr Kämmerlein trat, sagte sie: »Du hast es übelgenommen, daß sie schlecht von dir dachten, Gütchen!« – indem stand die kleine graue Gestalt vor ihr.

Marianne hatte oft versichert, daß sie bei seinem Anblick durchaus kein Grauen empfunden. Ein Paar tiefblaue Augen blickten aus dem feinen bleichen Gesichte so unbeschreiblich nah sie an, als müsse sie der Körper des Wesens berühren, dem sie angehörten – aber dennoch war nur Luft vor ihr. Der Graue legte den Zeigefinger auf die Lippen und sah sie wohl eine Minute schweigend an. Und obgleich er kein Wort gesprochen, wußte Marianne alles, was er meinte, und wußte es mit einer Gewißheit, wie nie ein armer Menschenblick sie zu geben vermag. Ja, Marianne wußte nun, daß sie nicht allein in der Welt war, daß ein liebendes schützendes Auge um sie sei und sie behüte; Marianne wußte, warum ihr das Leben so viel leichter ward als all den andern um sie; es war ihr aber auch ganz deutlich, daß dies zarte, von keinem Wort berührte Band, das einer Geisterwelt sie einte, durch kein Erwähnen je entweiht werden dürfe.

Sie trat einen halben Schritt zurück und legte die Hand auf ihr schlagendes Herz, – auch über ihre Lippen war kein Ton gekommen, aber es war ihr zumute, als habe sie dem Gütchen ein ewiges, unverbrüchliches Schweigen heilig gelobt.

Von da an gestaltete sich Mariannens Leben schön und schöner. Alle Morgen weckten sie liebliche Klänge, alle Abend wiegten sie sie ein. Alle ihre kleinen häuslichen Geschäfte förderte eine unsichtbare Hülfe; alle ihre kleinen Wünsche erfüllten sich wie von selbst. Ging sie in den Garten, bog sich ihr der Zweig entgegen, der die schönste Rose trug; die reifste und vollkommenste Frucht fiel ihr stets in die Hand. In der Kirche, Spinnstube, ja selbst auf den selten nur besuchten Wallspaziergängen, an jedem Lustorte, bei jedem Schauspiele, dem ihr junger Sinn sie zutrieb, bildete sich immer ein freier Raum für sie, sogar im dichtesten Menschengedränge; und kein Schatten von Gefahr, kein Krankheitshauch, kein Verlust berührte ihr sorglos frisches Sein. War's ein Wunder, daß Marianne sich bald an die ihr jetzt täglich erscheinende Gestalt des grauen Männchens gewöhnte und alle Scheu, alle Furcht vor demselben schwand?

Nur wenn sie schlief, sprach das Gütchen im Traume zu ihr; am Tage begnügte es sich, plötzlich vor ihr aufzutauchen, wobei es nie verfehlte, ihr durch den auf die feinen Lippen gedrückten Finger Schweigen aufzuerlegen. Und Marianne schwieg; denn das Gespräch mit dem Oheim hatte sie verletzt. Vom Schmuck war auch vorläufig nicht mehr die Rede; der Vicarius hatte ihn Schwester Agathe übergeben, ohne jedoch von seinem frommen Plane abzustehen, dereinst ein Kirchlein aus dessen Erlös zu stiften – nur waren die Zeiten zu unruhig geworden und das Luthertum hob selbst im klosterreichen Erfurt sein ernst drohendes Antlitz. Der Vicarius betete und wartete still auf bessere Tage.

So vergingen ein paar Jahre. Da geschah es, daß des Seilers ältester Sohn, der als Geheimschreiber bei einem hochadeligen Herrn in Diensten stand, mit demselben nach Erfurt kam, Mariannen kennenlernte und sie sehr liebgewann. Der Aufenthalt seines Gebieters in der Stadt dauerte einige Monate; der junge Mann besuchte während dieser Zeit das Haus der drei Schwestern sehr fleißig und erwarb bald ihre und des Bruders Vicarius Neigung durch sein sittsames und ehrenfestes Betragen. Von seiner Liebe sagte er freilich kein Wort; denn so verschieden er auch die Stunden seines Kommens wählte, er traf Mariannen nie allein. Und selbst als es ihm ein paarmal nach langen Berechnungen gelang, das liebe Mädchen am frühen Morgen unter einem Vorwande noch beim Aufräumen der kleinen Wohnung zu überraschen, setzte sich immer ein sonderbares Etwas seinen Wünschen entgegen. Bald liefen plötzlich bei ganz gelindem Feuer alle Töpfe über, bald entstand draußen auf dem Flur ein furchtbares Gepolter, oder es riß wohl gar alle Fenster der Wohnstube zugleich auf; ein andermal brach das Tellerbrett ohne alle sichtbare Veranlassung zusammen und der Lärm zog die drei alten Schwestern in ihren Schlafhauben und Nachtjacken, ja einmal sogar den Bruder Vicarius mit Blitzeseile ins Gemach.

So war denn der Johannistag herangekommen, an welchem ein großes Fest die Fürsten und den Adel in einem schönen Garten versammeln sollte, der auch den niedern Ständen geöffnet blieb.

Marianne wünschte sehr, einem dort stattfindenden Umzuge und Schauspiel beizuwohnen, und da die Geschwister vom Meister Seiler dazu aufgefordert waren und noch andere Bekannte und Hausfreunde der kleinen Gesellschaft sich anschlossen, ward einmütig bestimmt, den Nachmittag dem Anschauen all dieser Herrlichkeiten zu widmen.

Marianne war schon früh auf, denn um eilf Uhr sollte zu Mittag gegessen werden, damit den Frauen Zeit zum Putz verbleibe und dem Bruder Vicarius kein Abbruch an seiner gewohnten Pflege geschehe, denn begleiten mochte der fromme Mann die Seinen nicht. Er wolle mit Philax das Haus hüten, meinte er.

Da fehlte plötzlich Philax, der treue, wachsame Haushund. Nach vielem Suchen fand man ihn tot an der Kellertür. Marianne brach in helle Tränen aus und wollte im ersten Schreck das Fest gar nicht besuchen; auch Pinchen, die sogleich für ihre Katze fürchtete, war aller Mut entfallen. Es ward ernstlich vom Aufgeben des ganzen Spaßes geredet, denn Bruder Vicarius mußte ja nun das Haus verschließen, da der Hofwächter fehlte; doch brachte Seilers Hans durch Bitten das alles ins gleiche, und unter Tränen begaben sich die Schwestern an ihren Putztisch.

Aber, hilf Himmel! welch neues Ungewitter, als Schwester Agathe nach wenigen Minuten totenbleich mit ihrer zerrissenen Spitzenhaube ins Wohnzimmer zurückkehrte. Es war nicht zu begreifen, wer das kostbare, noch von ihrer Mutter ererbte Prachtstück so ganz unchristlich zerfetzt haben konnte – denn zerfetzt war es, das war unleugbar. Sogar Marianne gestand ihrer so geschickten Nadel kaum die Möglichkeit einer Heilung dieser Wunden zu.

Das arme Mädchen ward feuerrot. Hastig stürzte sie in ihre Kammer und warf, in Tränen aufgelöst, sich auf ihr Bettchen. Das alles bist du, Gütchen! schluchzte sie; ich habe wohl diese Nacht im Traum dein trauriges Gesicht gesehen, ich weiß ganz genau, wie du mir gesagt, ich solle nicht zum Fest! Und den armen Ludger, der sich so gefreut hat, mich zu begleiten, den kannst du vollends nicht leiden und gönnst ihm nichts! Aber ich sage dir's, rief sie, rasch aufspringend und mit dem kleinen Fuß den Boden stampfend, – selbst wenn du mir meinen schönen Schmuck forttragen und noch soviel Unfug anrichten solltest – *ich will* zum Fest; und daß du mich nur verstehst, du kleiner Unhold: ich *will* und Ludger *soll* mich begleiten!

Ein klagender, zitternder Laut ergoß sich, wie auf Luftwellen widertönend, durchs ganze Gemach; dann ward alles ganz still und Marianne fuhr mit der Hand aufs Herz, als hätte sie Tränen gesehen, die sie erweckt. Still, sagte sie, selbst halb weinend, und morgen will ich wieder gut sein! und damit huschte sie hinüber zu den Geschwistern.

Aber am andern Morgen dachte Marianne nicht an das Gütchen; sie war ihm weder gut noch böse – sie war auch gar nicht von seinen Tönen erweckt worden, denn sie hatte ja gar nicht geschlafen! Draußen im Herrengarten, wohin das arme Hausgütchen ihr nicht folgen konnte, hatte es ihr der schöne Ludger gesagt, wie lieb er sie habe, und daß ihm sein Herr eine gute Geheimschreiberstelle im Rat verschaffen wolle, die ihren Mann nähre und dessen Frau noch dazu.

Marianne war ganz entsetzlich rot geworden, was sie aber erwidert – das wußte sie gar nicht; aber sie wußte, daß er diesen Morgen um zehn Uhr hinübergehen wolle nach Großhörschau zum Vicarius, um seine Worte anzubringen.

An diesem Vormittage mußte Schwester Pinchen alles allein besorgen, Marianne brachte nichts zustande.

Gegen zwölf Uhr erschien der mit Schweiß bedeckte atemlose kleine Vicarius, um den Schwestern den Fall vorzulegen und das Mädchen darauf anzusehen, ob es denn wirklich eine Hausfrau vorstellen könne; ihm war sie immer noch das vierzehnjährige Kind. Aber freilich, freilich, seufzte er und sah die obere Gardinenfalbel an, freilich, ihre Mutter war auch eben sechzehn Jahre alt geworden, als – ich die heiligen Weihen empfing.

Schwester Agathe war außer sich über den Unsinn der Jugend; Schwester Pinchen weinte und wußte nicht warum; Schwester Anne Marie sagte ganz trocken: »Wenn sie ihn gern nimmt, kann ich mir's recht hübsch denken, so eine blutjunge Frau Amtsschreiberin zu sein.« – Und am Ende, nachdem Marianne ja gesagt und noch ganz unbeschreiblich viel röter geworden war als das erste Mal, kam um zwei Uhr der Freier und schied abends unter den Tränengüssen der

Schwestern und den himmelanstürmenden Seufzern des Vicarius –
als Mariannens Bräutigam.

Als Marianne später wie gewöhnlich ihr Zimmerchen betrat, lag
das graue Männchen totenbleich, in sein Mäntelchen gewickelt, am
Fußende ihres Bettes und hatte die Hutkapuze über die Ohren gezogen. Es weinte, und sein Schluchzen klang grausig durch die
Nacht. Zum ersten Male schauderte Mariannen vor seiner Nähe
und sie dachte daran, daß sie nicht zu Bett zu gehen sich getraue,
solange er da war. Zum ersten Mal kam ihr das Gütchen wie ein
kleiner Mann vor. Es weinte leise fort und sah sie immerfort mit
dem nämlichen wehmütigen Blicke an. Marianne setzte sich auf
einen Schemel und lehnte das Haupt rückwärts an ihr Bett; von der
gestrigen Nachtwache übermüdet, schlief sie endlich ein. Sogleich
war ihr, als wachse das graue Männchen; es streckte und dehnte
sich bis zur Größe eines etwa zwölfjährigen Knaben aus, dann ergriff es ihre Hand. »Marianne«, sprach das Gütchen, »ich *kann* nicht
sterben vor Schmerz, aber wenn du Ludger heiratest, werde ich
dich verlassen und sehr elend sein.« Marianne schüttelte den Kopf
im Schlafe. »Weißt du denn nicht«, fuhr es, immer leiser flüsternd,
über sie hingebeugt fort, »daß ich dich mehr liebe als alles im Himmel und auf Erden? Weißt du nicht, daß uns derselbe Segen durch
deine Geburtsstunde vereinigt und daß der neugesprochene Segen
dich von mir trennt, dich in ein anderes Haus führt, über das ich
keine Gewalt habe? Marie! o Marie Anne!« Dem Mädchen ward
furchtbar beklommen, sie schrie im Schlaf: »Ludger! Ludger!« und
erwachte vom Tone ihrer Stimme. Alles war dunkel; sie glaubte
geträumt zu haben und eilte zu Bett.

Aber der Traum schlang dennoch seine dunkeln Ranken immer
wieder in die bunte heitere Gegenwart. Marianne fühlte sich be-
drückt und hatte doch nicht den Mut, ihrem Bräutigam zu gestehen,
was sie quäle. Im Hause aber war es plötzlich unheimlich geworden; nachts warf es die Türen, stöhnte und ächzte, wie in Sterbelau-
ten; aller Segen schien aus der kleinen Hauswirtschaft gewichen;
umsonst plagten sich die drei Schwestern den ganzen Tag; jedes
Lieblingsgericht brannte an; immer war die Suppe versalzen, war
der Flachs am Rocken zerzaust. Nachts klopfte es den Vicarius aus
dem Schlafe oder legte mit Zentnerschwere der armen Marie sich
auf die Brust.

»Wir haben einen Poltergeist!« flüsterte die kleine Alte, und allabendlich beteten alle drei gegen den Versucher.

Da ergrimmte der Vicarius. »Es ist der Höllenschmuck, der uns all den Jammer ins Haus zieht. Laßt uns den Mammon opfern!« Aber Marianne war nicht dieser Meinung. Ludger fragte sie nach dem Schmucke. »Sie hat ihn geerbt«, sagten ausweichend die Schwestern. Marianne schwieg. Die Kapsel ward geholt – die große Kostbarkeit des fürstlichen Schmucks machte den Geliebten erstarren. Auch er schwieg, aber ein düsterer Nebel breitete sich über seine Stirn – er fing an, Mariannen mit eifersüchtigem Blick zu bewachen. Es war um Frieden und Glück geschehen.

Das arme Mädchen litt unbeschreiblich. Am Tage ließ sich das Gütchen nicht mehr sehen, aber sie fühlte seine Nähe und sah es im Traum immer bleicher werden. Der Vicarius nahm in der Stille seine Beschwörungsformeln vor; Anne Marie besprengte das ganze Haus mit Weihwasser.

Ludger wünschte eine Erklärung von seiner Braut; sie selbst schien sie zu vermeiden. Sie fühlte, daß sie ihm ihr Verhältnis zum Gütchen nicht eingestehen könne; sie scheute sich, ihr Wort zu brechen, und fürchtete, Ludgern werde grauen vor ihr.

Eines Abends folgte er ihr auf den Flur – der nächste Sonntag war zu ihrer Trauung anberaumt –, Ludger ergriff ihren Arm, zog ihn an seine Brust und bat sie flehentlich, ihm nichts zu verbergen, ihm zu sagen, woher der Schmuck, was sie beunruhige, warum seine Liebe sie nicht mehr glücklich mache.

Im Innersten zerrissen, war Marianne eben im Begriff, ihm alles zu sagen, da befiel sie plötzlich eine unerklärliche ungeheure Angst – die Kniee brachen ihr zusammen und sie wäre zu Boden gesunken, hätte sie Ludger nicht in seinen Armen aufgefangen und mit tausend süßen Liebesworten ans Herz gedrückt. Da tat es hinter oder zwischen ihnen einen furchtbaren Fall; Marianne schaute, tödlich erschreckt, auf – ein Teil der Decke war eingestürzt, und aus Tür und Fenster des Wohnzimmers drang ein heftiger Rauch. »Feuer! Feuer!« rief es in der Gasse. Beide eilten in das Gemach zurück; aber ach! schon brachen aus allen Ecken zwischen dem Holzgetäfel Flammen aus; das mußte schon tagelang so still hingebrannt haben, nun war's mit einem Male eine Feuersbrunst. Vorhänge, Betten, alles, alles ergriff das züngelnde tückische Element. Entsetzt eilten die alten Schwestern herbei; Nachbarn drangen von allen Seiten ein, um retten zu helfen; Wächter und Soldaten tobten umher; Pumpen und Eimer wurden geholt – vergebens! Das alte Haus brannte und brannte und ohne alles Geräusch – schauerlich still – brannte es aus bis auf die nackten, kalten Mauern, die am Morgen so starr die Geschwister anschauten wie das Skelett ihres Glücks, wie das Wrack all ihrer gesunkenen Hoffnungen.

Der arme kleine Vicarius stand ganz allein mitten im Schutt und schüttelte seufzend und traurig das Haupt. Da schlich Marianne leise hinzu und bat ihn, mit ihr in das teilweise noch erhaltene Hintergemach zu treten, das er selbst zu bewohnen pflegte, wenn er über Nacht in der Stadt blieb. Dort sank das arme gequälte Kind, mitten unter dem Geröll und den Brandspuren, in die Kniee und beichtete nicht dem Ohm, nein, dem Geistlichen alles.

Der arme Mann war tief ergriffen und bewegt; sein strenger Glaube mußte sie einer großen Schuld zeihen und ihr schwere Buße auferlegen, weil sie nicht sogleich in den Schutz der Kirche geflüchtet und dem Verkehr mit einem Wesen sich entzogen, das der Vicarius nur wie einen bösen Geist betrachten konnte und das ja, leider! nun wirklich zu einem solchen geworden war. Er legte also Mariannen auf, ihrem Verlobten alles zu gestehen. »Auch was ich außerdem noch über das arme Gütchen weiß, mag er erfahren!« schluchzte Marianne; »denn ich weiß, daß der arme graue Geist für die Rache, die er an mir genommen, und für sein leidenschaftliches Übertreten der Gesetze, welche die Geisterwelt von der unsern trennen, schwer gestraft und auf Jahrhunderte zu einer bloßen Stimme, zum Echo seiner eigenen Qual geworden ist. Ihr aber, Ohm! mögt nur das Haus aufbauen und in Ruhe wieder bewohnen, grau Gütchen wird Euch nimmer stören, und ich will in ein Kloster gehen, für seine Erlösung zu beten.«

Mit dem Vorschlage, ins Kloster zu gehen, war der kleine Vicarius sehr zufrieden; er brachte auch sogleich den alten Plan zur Sprache, ein Kirchlein vom Erlös des Schmucks zu bauen. Aber ach! der Schmuck war verschwunden; und obgleich der Schutt und die ganze Brandstätte genau untersucht wurden, fand er sich nimmer und nimmermehr.

Aber etwas anderes und weit Köstlicheres fand sich: der Friede. Als Marianne ihrem Bräutigam alles gestanden und ihn gefragt hatte, ob es ihm nicht graue vor einem Mädchen, das mit Geschöpfen einer andern Welt verkehrt, als sie ihm sogar sein Wort zurückgeben wollte und ihm sagte, sie werde in ein Kloster gehen, um für ihn, für sich und das graue Gütchen zu beten, da schlang er beide Arme fest um sie und sprach Doctor Luthers schöne Worte aus: »Wir glauben all' an einen Gott!« und versicherte sie, daß er nimmer von ihr lassen werde, und daß ihm sein hoher Gönner Geld zugesagt, mit welchem er mit dem kleinen Vicarius gemeinschaftlich das alte Haus wieder aufbauen wolle; und wenn es fertig sei und stattlich und frisch sich wieder erhoben habe, dann solle Hochzeit sein, und sie alle würden dann glücklich darin sein wie sonst.

Und so geschah's im Jahre 1526. Und am Hochzeitabend, als alle Gäste Glück wünschend das schöne Paar umringten, erhob sich leise, leise eine wunderliche Musik, wie noch kein Mensch je sie gehört, und man konnte nicht unterscheiden, waren es Singstimmen oder Glockenlaute, die so überaus herrlich erschallten; aber allen, die es hörten, war zumut, als hätten die Töne geklungen wie Worte des Segens.

Und sie verklangen leise und immer leiser und schöner.

Das junge Ehepaar aber lebte noch lange froh und glücklich im wieder aufgerichteten alten Hause mit den alten Geschwistern. Vom Gütchen hat man nimmermehr etwas gehört.

Das Feldmärchen

Der Teufel war auch einmal zu Gast geladen gewesen und kehrte spätabends über Feld in seine Wohnung zurück.

Die Gesellschaft hatte etwas lange gedauert und es begann schon ganz dunkel zu werden. Der Acker war frisch gepflügt, und der alte klumpfüßige Herr stolperte über allerhand ausgeworfene Runkeln, trat in Dornen und Disteln, blieb mit den Kleidern an den Zäunen hängen und ward dabei am Ende so verdrießlich, als ein Geist nur zu werden vermag, der das vor uns Menschen voraus hat, daß er nie so ganz bodenlos verdrießlich werden kann.

Am Haselbusch hatten sich allerlei Herbstnebel gefangen, die, grau zusammengeballt oder formlos umherkollernd, bald hier, bald dort an den Bäumen haftenblieben – alte Eichen und Ellern streckten ihnen drohende Arme durch die dämmernde Luft nach, und weiter am kahlen Bergrücken hin, an dem bereits alle Umrisse ineinanderflossen, blitzte zuweilen ein fernes Lerchenstreichen der Jäger lockend und verwirrend auf, um gleich wieder in Nacht zu versinken.

In den Wiesenleitungen war der Bach ausgetreten und hatte stückweise einen breiten Morast gebildet, von dem ein paar kleine Sumpfvögel laut kreischend aufflogen, als der Alte sich ihnen näherte – es mochte ihm heiß geworden sein beim Pokal, den er selbst kredenzt hatte, und nun er sich einmal in bestimmte menschliche Verhältnisse begeben, konnte er sich nicht gleich wieder herausfinden – der verfluchte Bach wollte ihm nicht parieren, die kleine Knüppelbrücke schien heute abend auch nicht recht an ihrer Stelle, der Morast dagegen ihm nachgekommen zu sein; jetzt war er rechts, nun war er wieder links. Ganz in der Ferne schlugen die Dorfhunde an; allmählich verstummten auch sie, und es ward stiller in der ganzen Gegend.

Nur im Gebüsch fuhr zuweilen mit vollen Backen blasend ein Streichwind durch die schon halb entblätterten Bäume, dann ward es wieder ruhig.

Der Teufel mag die Ruhe nicht, er liebt den Spektakel; er machte also große Schritte und erreichte bald das Stoppelfeld. O weh! hier hatte der Maulwurf sein Spiel getrieben. Eh er sich dessen versah, war er um die Ecke herum und stand wieder am Bach.

Ihn neckten die kleinen Naturgeister, wie sie uns armen Menschenkindern es zu bieten pflegen; sie hatten ihn um das Feld und fast auf den alten Fleck zurückgeführt. Wo war in all dem Abenddampf und Nebel der Fußpfad geblieben?

Indessen war der Busch ihm nun doch näher, als es vorhin geschienen; drinnen sah es ganz schwarz aus. Einzelne Tannen krachten durch eigene Wucht oder knarrten langsam mit den schweren Zweigen, wenn der Wind heftiger sich erhob; der Bach rauschte murmelnd dazwischen – überall war es, als ob sich etwas rege, käme, sich lang machte und bald hier, bald drüben auf den Wanderer herniederschaute. Durch das Niederholz strich der Abendhauch sanfter, flüsternder, wie in langsamem Kadenzen: es klang mehr wie Seufzer als Wehen. Endlich flammten quer über den Rain, gerade an der Rodung hin, ein paar Irrlichter auf; sie tanzten so lustig flackernd umher, als ob all diese verschiedenen Nachtlaute Fiedeltöne wären.

Das war dem Teufel recht. Schrillend pfiff er auf seinem Finger und tänzelnd und züngelnd stand sogleich eins der Irrlichter vor ihm oder vielmehr, es versuchte, vor ihm festzustehen, konnte aber nirgend den Boden recht erfassen und flimmerte, sich dehnend und streckend, vor dem Alten auf und nieder.

»Leucht mir nach Hause!« brummte der Teufel, und sogleich tänzelte das Licht den Rain entlang querwaldein, unter den Buchen hin, immer den Weg bezeichnend und mit einer Anstrengung aufflackernd und aufleuchtend, als habe es sein Leben lang nichts anderes getan als den Dienst einer Stallaterne. Denn obschon sie ihn weniger scheuen, als wir Menschen es tun, erzeigen die, welche so umher in Wald und Felde hausen, dem Alten gern einen Dienst und mögen es nicht mit ihm verderben. Wenn er böswillig in ihr Spiel sich mischt, schadet er ihnen an der Reputation. Bei den guten Christen stehen die Naturgeister ohnehin schon arg in Verruf, weil sich der Teufel dann und wann in ihr Tun mit eindrängt, und mancher Fromme wirft ihnen das wogende Leben und Treiben in Berg und Tal, das Düften, Klingen und Schimmern als Staatswesen vor und legt sich schwere Buße auf, wenn sie rufend ihm an Herz und Sinne schlagen.

Dem Irrlicht, so jung es auch war, schien dies alles wohl bekannt; es nahm sich sehr zusammen; und obgleich der Weg weit war und es oft große Lust hatte davonzuhüpfen, verlosch es kein einziges Mal, sondern hielt Stich und machte sich fortwährend so lang und so hell wie nur möglich.

Dem Teufel wird in der Welt nicht oft geschmeichelt; er wird *dumm, lahm, arm, bös* und *stinkend* gescholten; darum ist er um so empfänglicher für Artigkeiten. Auch mochte ihn der Wein in einen angenehmen Zustand versetzt haben, den seine vorhergegangenen Unfälle nur gedämpft, nicht zerstört hatten; kurz, er ward mit einem Male ungemein gnädig und guter Laune; und als er an seine Höllenpforte gekommen war, sagte er dem Irrlicht »schönen Dank« und es möge sich als Trinkgeld eine Gnade erbitten.

Nun wird bekanntlich seit den vielen Kultusministerien alles zivilisiert; das Irrlicht war daher auch gar kein rohes, gemeines Irrlicht mehr, sondern es war gebildet und kannte die Welt vom Hörensagen. Es bat den Teufel, er möge es gütigst in einen Menschen verwandeln: es wolle gern auf Reisen gehen auf der Eisenbahn, auch in feine Gesellschaft und in böhmische Bäder, um die ausländische Aristokratie kennenzulernen.

Der Teufel ist immer sehr leicht zu verblüffen gewesen; er machte ein paar entsetzlich große Augen, als ihm der Irrwisch so kam; da er aber im ganzen doch Humor hatte, lachte er und sprach: »Du bist ein Narr, aber du sollst deinen Willen haben! Ich will dir gleich so ein Menschengesicht machen. Was willst du denn für ein Landsmann sein?«

Dem Irrlicht war insgeheim bange, der Alte möge sich anders besinnen; auch wußte es, vornehme Leute dürfe man nicht lange warten lassen; es antwortete also ganz geschwind: »Ach, da wir gerade in Thüringen sind, so mache mich doch zu einem Thüringer.«

»Ganz gut«, sagte der Teufel, »da brauche ich dir gar keine besondere Physiognomie zu machen, so sind wir gleich fertig. Nur *eins* muß ich dir erst noch sagen, Bursche! In der Welt geht es jetzt curios genug zu, und mehr Confusion darfst du mir nicht hinein-

bringen. *Der da oben* – du weißt schon – hält auf seine einmal ge-
machten Einrichtungen; und wenn die Menschen dahinterkämen,
daß so ein Kerl wie du unter ihnen steckte, so würden sie gleich an
dir die Naturgesetze studieren wollen, und wir – Er nämlich und
ich – könnten uns nachher halbtot phänomenern, eh wir sie wieder
in Ordnung kriegten. Auch kann ich Ihn nicht deinetwegen verdrießlich machen; denn Ihm wird jetzt ohnehin sein Himmel, wie
mir meine Hölle, bestritten, und da haben wir beide genug zu tun,
ohne noch miteinander neuen Hader anzufangen.«

»Gestrenger Herr«, sagte das Irrlicht, »niemand soll es merken,
was ich eigentlich bin. Haben Sie nur die Gewogenheit, meine un-
tertänigste Bitte –«

»Du bist ja schon höflich wie ein Sachse und bist noch gar nicht
einmal fertig!« unterbrach es lachend der Teufel, nahm dasselbe
beim Schopf, schüttelte und knetete es ein wenig und siehe da, an
dessen Stelle stand ein junger Mensch mit glatt anliegenden dun-
kelblonden Haaren, blauen Augen, einem hübschen freundlichen
Gesichtchen, etwas zu langem Oberkörper und etwas krummen
Beinen, aber sonst ein ganz charmanter junger Mann. »Ich empfehle
mich Ihnen, Herr Accessist«, sagte der Teufel und lüpfte die Kappe.

»Ganz Ergebenster«, erwiderte, sich tief verbeugend, der junge
Mann.

Als er nach Hause kam – er wohnte bei seiner alten Mutter in Jena –, saßen seine vier Schwestern mit ihren Strickstrümpfen in der
Wohnstube am Tisch; die Mutter ging ab und zu und räumte auf.

»Du bist wieder nicht halb acht zum Essen gekommen, Karl!«
schalt sie; »du hörst doch partoutement nicht. Nun sind die aufge-
bratenen Klöße steinhart geworden, und alleweile ist so nichts zu
haben; die Musbemmen läßt du mir allemal stehen, und ich kann
mir doch nicht anders helfen.«

»Liebe Mutter«, versicherte Therese, »Karl ist ganz unschuldig;
muß er denn nicht immer erst bei Amtsactuariussens Karlinchen
und dann bei Kassenschreibers Sophiechen vorübergehen?«

»Therese!« fuhr Karl Irrlicht auf, »wenn du nicht augenblicklich schweigst –«

»Werde ich wahrscheinlich fortfahren zu reden«, sagte lachend die Bedrohte.

»Ich habe es übrigens auch gesehen«, meinte Mariechen, »wie du neulich auf dem Schützenballe erst der einen und dann der andern Erfrischungen präsentiert hast.«

»Ja, ja!« schrie das kleine Gustchen, »erst Prophetenkuchen und dann Eierpunsch.«

»Man muß gegen Damen galant sein«, bemerkte Karl, bescheiden geschmeichelt, daß er so viel habe daraufgehen lassen.

»Wir sind aber auch Damen«, sagte die Kleine.

»Gänse seid ihr«, brummte der Bruder, der unterdessen fürchterlich unter den Klößen gewütet hatte.

»Und ich – habe noch etwas ganz anderes gesehen, gelte Karl?«

»Was hast du gesehen? Was war es?« riefen die drei andern.

»Siehst du, Guste! wenn du ein einziges Wort sagst!« donnerte Karl, heftig auf den Tisch schlagend und den leeren Teller von sich schiebend. »Da muß einem ja Essen und Trinken vergehen! In meinem ganzen Leben rede ich nicht wieder mit dir und vergebe dir's nun und nimmer nicht.«

»Ich sage es nicht, daß du –«, jubelte das Kind, um den Tisch herumtanzend, »ich sage es nicht, daß du – daß du –«

»Ich bitte euch ums Himmels willen, neckt ihn doch nur nicht!« lamentierte die Mutter dazwischen. »Karlchen, ärgere dich doch nicht! Hast du denn das Briefchen an den Herrn Geheimen Regierungsrat nach Weimar geschrieben? Es ist heute Botentag; der Herr Oberwildmeister wollen so gütig sein, es ihm selbst zu übergeben und deinetwegen noch besonders mit ihm reden. Mein Gott, wenn sie dir zu Neujahr doch nur ein fünfzig Tälerchen geben möchten! Dein seliger Vater –«

Die vier Schwestern hatten unterdessen heimlich miteinander geflüstert und gekichert und liefen jetzt, alle laut auflachend, zur Türe hinaus.

Dem guten Karl Irrlicht war es rein unmöglich, die Mutter anzu-
hören; er vergaß die Akten und das ganze Elend, daß sein seliger
Vater fünf Jahre als Accessist ohne Besoldung gearbeitet habe; er
wußte ganz genau, daß Gustchen gesehen, wie er Hofsecretairs
Rosalien, die bei Verwandten in Jena zum Besuch war, auf dem
Heimwege vom Schützenballe die Hand geküßt, ja sie sogar leise
umfaßt hatte. Wer konnte auch immer an das alberne Kind denken,
das noch nicht tanzte und das niemand führte! Er konnte sich's
vorstellen, daß die Kleine gehört haben mußte, wie er zu Rosalien
sagte: »Machen Sie mich nicht so unaussprechlich elend!« Und nun
erzählte Gustchen das alles draußen in der Küche den Schwestern!
Nein, es duldete ihn nicht länger im Zimmer, er mußte nach, fiel
aber draußen dem ungemein höflichen Amtsactuarius in die Arme.

»I Dienerchen, Dienerchen, Herr Accessist! Gratuliere nachträglich! Müssen aber nun, da Sie zu Amt und Titel gekommen, hübsch
solide werden! Da hat mir mein Linchen gesagt, daß die Herren
Studiosen auf der Rasenmühle wieder einen – mit Erlaubnis zu
sagen – Krakeel gehabt wegen des Vortanzens mit der Rosalie und
daß der Herr Accessist auch mit dabeigewesen. Bitte ergebenst zu
bemerken, paßt sich nicht mehr für einen Mann im Staate, der zu
den schönsten Hoffnungen berechtigt ist; würde Ihnen unmaßgeb-
lich raten, sich gar nicht mehr um die Burschen zu kümmern. Das
liegt hinter Ihnen, Herr Accessist«, schloß der Alte, vergnüglich eine
Prise nehmend und selbstzufrieden vor sich hin lachend.

Das hat die Karoline aus Eifersucht getan; es ärgert sie, daß Rosalie hübscher ist, dachte Karl Irrlicht. Er machte sich jedoch mit größ-
ter Höflichkeit vom Herrn Amtsactuarius los; weil er aber die Mädchen bereits wieder in der Wohnstube plaudern hörte, lief er hinaus
ins Freie.

Die *fidelen Häuser*, die ihm draußen begegneten, grüßten ihn
kaum mehr, obschon sie ihn alle kannten; denn er gehörte ja nun zu
den Philistern.

Am andern Morgen war Session, und Karl Irrlicht mußte vier volle Stunden stillsitzen. Das bißchen Jurisprudenz hatte er bald weg;
er war im Walde mit einem Kuckuck vertraut gewesen, der schon in
eilf verschiedene Nester seine Eier gelegt hatte; mit privilegierten
Mardern, Feldmäusen, Ameisenlöwen und sogar mit einem alten

Raben hatte er teils Umgang, teils Streit gehabt oder hatte ihre Miß-
helligkeiten geschlichtet, wenn sie deren untereinander hatten – das
alles glich dem Menschen- und Prozeßwesen so übermaßen, daß
ihm ganz leicht zumute gewesen wäre, wenn er nur nicht auf einem
und demselben Flecke hätte bleiben müssen, was seiner ursprüngli-
chen Natur sehr zuwider war.

In der Angst dachte er an alle drei Mädchen, denen er den Hof
machte, und brannte für alle drei lichterloh; das fiel aber wiederum
in der Session niemandem auf; denn die alten Herren waren es an
sämtlichen Accessisten gar nicht anders gewohnt. So ging auch
dieser Tag recht leidlich vorüber.

Nun aber wollte die Mutter, daß er den nächsten Sonntag nach
Weimar *mache*, um selbst seine Worte bei dem Herrn Geheimen
Regierungsrate anzubringen, bei welchem sie noch von ihrer Jugend her in gnädigem Andenken stand; die jungen Leute aber hatten der schönen Rosalie zu Ehren den ganzen Sonnabend Kränze
gewunden; sie hatten nämlich mit Hofapothekers eine Partie ins
Rauhtal verabredet, um den Geburtstag des Nichtchens zu feiern;
dort sollten Kartoffeln gesotten und Kaffee gekocht werden und die
Guirlanden zwischen den Bäumen einen Baldachin bilden, unter
welchem die Gesellschaft ihr Mahl einzunehmen gedachte. Karl
Irrlicht war mit dazu aufgefordert und überselig. Zwar schickte es
sich nicht für ihn, der Angebeteten einen besondern Kranz zu über-
reichen, er hatte sich aber vorgenommen, mit ihr ein Vielliebchen zu
essen – und es zu verlieren. Das Geschenk hatte er sich auch schon
ausgedacht, und eine Düte Krachmandeln steckte in seiner Tasche.

Die Schwestern waren glücklich auf seine Seite gebracht; die Mutter aber fragte immerfort ganz hartnäckig, was doch wohl einmal
daraus werden solle?

In dieser unangenehmen Lage blieb ihm nichts anderes übrig, als
der Mutter auseinanderzusetzen, welches Aufsehen sein Wegblei-
ben machen müsse und wie leicht Hofapothekers eine solche Vernachlässigung übel aufnehmen könnten; aber die Alte wollte auch
davon nichts hören. Als nun alles nichts half, fing er an, sich mit
allen vier Schwestern zugleich zu zanken, behauptete, Rosalie sei
ihm völlig gleichgültig, ihm sei überhaupt egal, ob er nach Weimar
oder zu ihrem Feste gehe, obschon es geizig aussehe, daß er nun

davon bleibe und die Kränze und die Musik nicht mit bezahle. Alle fünf schrien dermaßen durcheinander, daß die arme Frau die thüringische Angst vor Verdruß überkam, so daß sie endlich ihren Sohn himmelhoch bat, doch lieber mit ins Rauhtal zu gehen und gleich den nächstfolgenden Sonnabend zur Reise nach Weimar zu bestimmen. Mit Hängen und Würgen erhielt sie es denn vom guten Karl, daß er *ihr zuliebe* nachgab.

Am Sonntag mittag putzte sie ihn und seine vier Schwestern aufs schönste heraus, und die jungen Leute gingen fröhlichen Herzens dahin; sie aber blieb zu Hause, räumte auf und sah den Himmel an, ob auch das Wetter gut bleibe.

Das Fest war, wie alle Partien dieser Art, *wunderschön* und wäre beinahe ohne allen Unfall vorübergegangen, nur wurden Pfänderspiele gespielt und beim *Polnisch Bettelngehen* wollte der alte Amtsactuarius seinen Sohn *substituieren*, worüber Karl Irrlicht wütend eifersüchtig ward und in einen so elementarischen Zorn geriet, daß er mit einem Male hell aufflackerte und dem alten Herrn Hemd und Rockärmel naßmachte. »Dummkopf!« sagte der Teufel, der eben ungesehen in eigenen Angelegenheiten durch das Wäldchen ging. Der Accessist erschrak und warf geschwind einen Weißbierkrug nach und dem Amtsactuarius auf den Frack, wodurch freilich die Nässe noch nässer und der Fleck größer, die ganze Sache aber auch erklärlicher ward.

Als sie nun abends alle singend und jauchzend nach Hause gingen, konnte Karl Irrlicht wiederum das Vorleuchten nicht unterlassen: er behauptete jedoch, es sei ein chemisches Kunststückchen, der Herr Hofapotheker wisse auch darum, werde ihn aber ganz gewiß nicht verraten. Die jungen Mädchen versicherten, *es sei allerliebst grauerlich, aber sie begriffen es nicht.* Der Hofapotheker lachte, Karl lachte auch und winkte ihm zu, worauf dieser wieder nickte und aussah wie *einer, der wohl weiß, wo Barthel den Most holt. – Abscheulich gelehrt wären die Herren*, meinten die Mädchen.

Zu Hause angelangt, trat der Accessist geschwind vor seinen kleinen Spiegel, um zu sehen, wie ihm der Kuß stehe, den ihm die schöne Rosalie heimlich im Rauhtal gegeben – da ging ein furchtbarer Lärm in den Gassen los. »Burschen heraus! Burschen heraus! Lichter weg!« klang es durch die dunkle Nacht. »Verfluchte Philister! Halunken! Wir wollen es euch eintränken!« tobte es durcheinander und die Tritte der vielen schweren Stiefeln und das Rasseln der Ziegenhainer Stöcke auf dem Steinpflaster machten das Getöse noch ärger. In Ziegenhain war vor einigen Tagen eine Rauferei zwischen den Studenten und den Leinewebergesellen gewesen, einige friedliebende Philister hatten sich hineingemischt, wodurch der Lärm noch größer geworden war. Heute abend war es zu einer förmlichen Prügelei gekommen, und eben sollten nachträglich einigen Professoren und Schenkwirten, vorzüglich aber den verräterischen Pedellen, die Fenster eingeworfen werden, weshalb der Sicherheit willen »Lichter weg!« geschrien wurde.

Karl Irrlicht war sehr vergnügt. Das war gerade so wie ein Wirbelwind im Walde, der einer Windsbraut gleicht, obschon er nicht so vornehm ist, der das dürre Laub zusammenkräuselt, die Vöglein durcheinanderjagt und hie und da ein Bäumchen entwurzelt. Karl lief sogleich hinab mit auf die Gasse.

»Lichter weg!« hatten die Burschen geschrien, und schon war es stockfinster in der kleinen Stadt. Die Professoren waren alle in ihre Hinterstuben gegangen, die Pedelle liefen wie geblendete Luchse umher und suchten vergeblich zu erkennen, wer ihnen die Fenster einwarf; da konnte der Accessist es nicht länger aushalten: gerade vor der Türe des Magnificus leuchtete er lachend hell auf und zeigte die Rädelsführer im vollen Lichte, von denen der eine eben dem Nachbar des Rektors die Fenster einwarf, während der andere des Pedellen schöne Frau küßte. »Verfluchter Hund!« brüllten die Studenten; »haltet ihn fest, den dummen Flegel!« riefen andere Stimmen. Karl Irrlicht aber war ins Tanzen gekommen und tanzte, ein riesiger Irrwisch, durch ihre Reihen hindurch. »Seht, seht den Kerl!« schrie es von allen Seiten. »Es ist der Satan! Nein, nein! aber es ist ja –«

»Aber so sag Er mir doch in mein und aller Teufel Namen, Er gottvergeßner Wisch, was Ihm einfällt?« fragte keuchend der Teufel, indem er Karl Irrlicht, den er beim Schopf hielt, unter eine dicke Buche hinwarf. »Fängt Er da einen Mordspektakel an um nichts und wieder nichts! Ein Glück, daß es gerade Sonntag war, wo *Der oben* nichts schafft und ohnehin gegen Abend ein Auge zudrücken muß über die Art, wie sie Ihn feiern – sonst hättest du mir ja alle möglichen Fatalitäten über den Hals gehetzt.«

»Ach, gnädiger Herr!« erwiderte das Irrlicht noch ganz schwach und außer Atem von dem gewaltig raschen Transport, »ich habe mich nicht so geschwind daran gewöhnen können, wie es bei den Menschen zugeht; haben Sie nur noch etwas Geduld und lassen das Ding noch eine Weile so fort währen, ich werde mich wohl zurechtfinden. Die Jenenser denken gewiß mehr an die Studenten und an ihre zerbrochenen Fensterscheiben als an mich. Zum Glück war ja auch gar kein Naturforscher bei der Hand, um mich zu beobachten. Ich möchte gern noch ein wenig *menschlich* bleiben.«

»Findest du denn den Lumpenzustand so ergötzlich?« fragte lachend der Teufel.

»Das eben nicht; ich mache aber so meine stillen Vergleiche; und wenn ich künftig wieder als kaltes Feuer über einen Morast hintanze, werden mir die Menschen und ihre Gesellschaft noch oft einfallen.«

»Aber du hast ja noch gar nichts gesehen«, brummte Satan; »da könnte ich dir ganz andere Dinge erzählen!«

»Glaub es gern, Meister! Sie sind aber auch ein Malicer.«

»Dummkopf! Du bist ja kein Thüringer mehr, was kohlst du denn da?« schmunzelte der Alte – er hörte sich gar zu gern *Herr* und *Meister* nennen, und so sprach er im Vergnügen darüber auch gut Thüringisch mit. – »Nun«, fuhr er nach einer Weile fort, »was willst du denn jetzt eigentlich werden? Spanier?«

»Bewahre!« rief das Irrlicht ganz erschrocken, »die armen Leute sind gar übel dran mit ihrer kleinen Königin und ihrem großen Espartero – und man interessiert sich nicht recht für sie. Nein, die Sache muß weiter gediehen sein, eh ich mich dazu entschließe.«

»So willst du ein Deutscher bleiben?«

»Deutschland ist ein weitläufiger Name; das ginge schon eher. Aber ich habe gar kein Nationalgefühl, und da weiß ich nicht, was ich werden soll: Bayer, Preuße, Württemberger, Sachse oder Hamburger.«

»Möchtest du nicht Lieutenant in Berlin sein?«

»Eine magere ökonomische Stellung für einen, der das freie reichliche Waldleben gewohnt ist, das der Lilie ihr Silberkleid, dem Baume seinen grünen Schatten gönnt und alle von Grund aus leben läßt, die leben wollen. –Freilich aber möchte ich mich gar zu gern in eine wunderschöne Gräfin verlieben.«

»Ach, Kind!« sagte kopfschüttelnd der Teufel, »du bist da hinten in deinem Waldwinkel nicht recht mit der Zeit fortgeschritten. Einen armen Lieutenant sieht heutzutage keine wunderschöne Gräfin mehr an – allenfalls wenn ich dich reich machte. Willst du etwa lieber Privatdozent oder ein junger Professor werden? Da hast du auch nicht die Fatalität, dich von deiner Berliner Wirtin bemuttern und auf den Pfad der Tugend zurückleiten zu lassen.«

»Aber ich käme in philosophische Streitigkeiten; ich müßte Partei nehmen für Hegel oder Schelling und Bettina lesen. Ich muß mich wirklich erst noch viel mehr ausbilden, eh ich es wagen kann, in Berlin mitzureden, wo fast jedermann alles weiß«, sagte das Irrlicht ganz bescheiden.

»Es ist ja wahr«, entgegnete der Teufel, »du bist so eine Art Waldgewächs, also nur frisch und jung.«

»Und dann«, fuhr das Irrlicht sehr ernsthaft fort, »dann bin ich an Respekt gewöhnt. Wir draußen im Walde ehren alles, was ist, und Ihn, der uns gemacht hat; wir ehren den Tropfen Wasser, der die Sonne widerspiegelt, bis er vertrocknet; den Bach, der uns und alle Pflanzen ernährt, und den Abendhauch, der die Stille bringt, und die Johanniswürmchen, die ihm an den Blumen vorüberleuchten –«

Der Teufel gähnte. »Ihr seid altmodisches Volk, mit euch habe ich nicht viel zu schaffen! Es mag verschoben bleiben. Du könntest auch nach Königsberg –«

»Unter die Malcontenten? Ach, gnädiger Herr, ich hielte nicht bei der Stange, da käme meine Irrlichtsnatur gleich zum Vorschein.«

»Na, meinetwegen, so geh nach Danzig! Darum keine Qualen nicht! Ein Preuße scheinst du doch einmal werden zu wollen, das sind sehr legitime Leute.«

»Famos!« sagte das Irrlicht, noch in Berliner Betrachtungen versenkt, »famos! aber mir doch zu sedat. Ich kann ja da in der Nähe ein Pole werden –«

»Nein, das verbitte ich mir!« sagte ganz trocken der Teufel; »da hinten herum habe ich selbst noch allerhand zu tun. Du kannst lieber ein Reisender sein, gleichviel ob Rheinländer, Lausitzer oder Westfale.«

St. Valère legte das Feuilleton aus der Hand. »Aber er hat dennoch recht, der Schuft. Ich muß jetzt selbst darüber lachen; es ist Geist, viel Geist in der Rezension, und jetzt finde ich die Szene selbst komisch, um nicht zu sagen, lächerlich. Mein Gott, man kann nicht immer an alles denken; als ich sie niederschrieb, war ich drei Nächte nicht ins Bett gekommen, war zum Sterben verliebt – und hatte keinen Heller in der Tasche. Nun, dies letzte Glück ist mir geblieben. Parbleu! Desto besser! So gewinne ich entschieden an Leichtigkeit.«

Er nahm sein Vaudeville wieder vor und begann zu arbeiten, während er die Melodien, die er den Texten unterlegte, vor sich hin trällerte.

Ein leiser Finger klopfte an die Türe, öffnete sie jedoch, ohne das »Herein« abzuwarten.

»Ach! bist du es, Annette? Guten Morgen – oder guten Abend, meine Schönheit, ich weiß wahrhaftig nicht, wie wir in der Zeit leben.«

»Hungrig auf jeden Fall«, sagte die sehr anmutige Grisette, deckte ein Tischchen und schob es zwischen sich und ihn. »Nun, und Ihr Vaudeville? Alfred wird auch gleich kommen.« Sie bog sich auf das Manuskript nieder. »Aha! das ist die Melodie aus *Mademoiselle de France*. Aber, mein Himmel! was ist denn das? Das kann ja Aurora gar nicht singen! Ist das eine Art, einer ersten Sängerin die Cour zu machen? Das ist ja ein Musikstück, das Madame Julien singt, es ist für einen hohen Sopran. Hören Sie doch!« und mit glockenheller, obschon ungebildeter Stimme sang sie ihm das Liedchen. »Ach, Monsieur St. Valère, auf diese Art werden wir kein Glück machen!«

»Bah! was willst du? Madame Julien hatte es gesungen, und ich habe die Stimmen verwechselt. Laß sehen! Also Mademoiselle Aurora hat nicht die Höhe? Hm, hm!« Er nahm das Manuskript wieder zur Hand. »Aber es ist wegen des Einfallens des Chors unumgänglich nötig – parbleu! ich kann es nicht ändern, auch kein so passendes Metrum finden! Der Kapellmeister kann ja das ganze Stück um ein paar Töne heruntersetzen.«

»O ja; aber Aurora kann auch einen Verehrer, der nicht einmal den Umfang ihrer Stimme kennt, laufenlassen.«

»Meinst du? brrr!« brummte der junge Mann, im Zimmer auf und ab gehend, wobei er dem Spiegel gegenüber eine Pirouette um die andere machte – »brrrrrr! das kommt von dem Theaterprinzessinenwesen! Siehst du, Annette! ich möchte wetten, du hast in deinem ganzen Leben nicht eine solche Anforderung an Alfred gemacht.«

»O, mein Herr!« sagte die Grisette – sie stand auf, schob hastig das Frühstück von sich weg und drückte beide gefaltenen Hände vor die Brust – »o, mein Herr, sein Sie barmherzig! Ich, ein ganz armes Mädchen, was kann ich wohl verlangen? Schlimm genug, daß Alfred den bösen Fall auf dem Steinpflaster tat, daß er nicht bis zu seinem Hotel zurücktransportiert werden konnte; noch schlimmer, daß ich gerade den Abend so früh nach Hause kommen mußte und ihn da fand – vor unserer Haustüre.« Dem Mädchen traten die Tränen ins Auge; aber einmal in die trübe liebe Rückerinnerung versenkt, trieb er sie, fortzufahren. St. Valère hatte ihren Arm ergriffen und stand ernst und teilnehmend vor ihr.

»Es war so sonderbar hell in der Straße; ich habe so etwas nie wieder gesehen: Sie standen neben ihm. Der Arm ist zweimal gebrochen, sagten Sie, ich weiß nicht einmal, ob zu mir. Sie kannten ihn damals wohl kaum. Mein Gott! wie man ihn dann ins Haus trug, und Madame Chappellier gerade ein leeres Zimmer hatte! Da lag er nun und bald mutterseelenallein! Einen alten stumpfen Wächter hatten sie hingesetzt, der immerfort schlief. Das war ein Elend! Und wie sich's am andern Abend fand, daß er gerade unter mir wohne« – ihre Stimme ging in leises Schluchzen über –, »der Arme! außer seinem Banquier kannte er keinen Menschen in Paris. Auch Sie kamen nicht! Ach, vergeben Sie mir, St. Valère, damals habe ich nicht geglaubt, daß Sie so gut, so herzensgut wären!«

»Aber hat denn seine Familie wirklich die Grausamkeit, ihm kein Geld mehr zu senden?«

»Leider ja! Der alte Herr, welcher neulich behauptete, Sie plötzlich in lichtem Feuer neben sich stehen gesehen zu haben und darüber in den Wassergraben fiel – mein Gott! was hab ich gelacht! Wissen Sie nicht mehr, der den närrischen Schwindel bekam? Nun, dieser hat an Alfreds Eltern geschrieben; er hat ihnen erzählt, wie wir zusammen lebten, uns liebten – und daß Alfred mich heiraten würde. So ein alter Herr, er ist wahrhaftig wie ein Kind von zwei Jahren!« schloß sie ärgerlich. »Heiraten! uns heiraten!«

»Und mich?« fragte der junge Mann, »hat er mich nicht auch genannt?«

»O, St. Valère! und wenn das auch wäre? Glauben Sie mir, wenn die Eltern so eingenommen sind gegen mich, ist es ganz gleich, ob sie mich nebenher auch noch für Ihre Geliebte halten oder nicht! Aber das Vaudeville«, fuhr sie ablenkend fort, indem sie ihre Tränen mit der Rückseite der Hand trocknete. »Sie sagen also, daß Sie des Ensemble wegen –«

Ehe noch St. Valère etwas zu erwidern vermochte, trat Alfred, von mehren jungen Leuten begleitet, ins Zimmer.

»Du hier, Annette? Schade, ich habe bei Sir Fréderic gefrühstückt! Wir kommen, dich abzuholen. St. Valère, wir fahren nach **« – er nannte eine Restauration außerhalb der Tore –, »Ernancourt hat seinen Tilburg, Sir Fréderic ein Coupé. Wir werden dort essen, die Landluft genießen und beiher dein Vaudeville – – Willst du mit, Annette?«

»Ich habe nötige Arbeit«, sagte sie, »es ist Sonnabend.«

In diesem Augenblicke fuhr St. Valère mit heftiger zorniger Gebärde von seinem Stuhle auf, ergriff Annettens Hand und versuchte sie in ein anstoßendes Kabinett zu ziehen; seine Augen waren fest auf die Zimmertüre gerichtet.

»Was gibt's? Was fällt dir ein?« riefen die jungen Leute, von denen einer am Klavier, ein zweiter am Secretair Platz genommen hatte, während zwei auf dem Sopha hingestreckte Fashionables die

Beine über Stuhllehnen gelegt und etwas wunderlich bequem die Zeitungen lasen. »Was ist's?« murmelten auch sie.

Auf der Schwelle der halbgeöffneten Türe stand ein sehr schöner blonder junger Mann, dessen ganze Erscheinung in jeder Zollänge den Engländer aussprach.

Alfred wandte sich und breitete, auf ihn zufliegend, die Arme ihm entgegen. »Bruder! Alfred! Charles!« tönte es aus beider Munde. Eng hielten sie sich umschlossen; endlich hob Charles den Kopf, als schäme er sich der in England so ungewöhnlichen Männerumarmung. Beide blickten einander mit dem Ausdruck des größten Glücks in die Augen. »Du hier, guter Charles! Du selbst!« flüsterte Alfred. »Nun wird alles gut werden; du wirst sie sehen und alles begreifen!«

Charles drückte ihm schweigend die Hand; ein schmerzliches Zucken überflog seine Augen, seine Stirn und verzog die stolzen Lippen bis zum Zittern, aber er erwiderte nichts. Sein Blick durchspähte das Zimmer; dann wandte er seine Aufmerksamkeit gewaltsam dem die Brüder umstehenden Kreis der jungen Leute zu. Alfred stellte den Freunden seinen Bruder vor; die Landpartie kam dabei zufällig mit zur Sprache. Charles hielt sogleich den Plan fest, behauptete, die ganze Nacht auf der letzten Station geschlafen zu haben wie ein Murmeltier und erbot sich, die andern zu begleiten. Der lauteste Jubel der Freunde verschloß Alfreds Lippen.

St. Valère und Annette waren verschwunden. Während des nun allgemein werdenden Gesprächs schlich Alfred zu ihr hinüber. Annette stand mitten in ihrer Stube; sie weinte und zitterte an allen Gliedern so heftig, daß sie mit beiden Händen an einer Stuhllehne sich festhalten mußte. St. Valère stand neben ihr und flüsterte, dicht über sie hingebeugt, allerlei wunderliches Zeug ihr zu. Er kam Alfred ungewöhnlich groß und ganz seltsam vor, und trotz seiner innern Erregung und dem Wunsche, sich gegen die Geliebte auszusprechen, fesselte ihn ein unbegreifliches Etwas an die Zimmerschwelle.

St. Valère sprach von Flucht und tröstender Waldeinsamkeit, von der lauen Frühlings-Nachtstille und den allmählich in ihr verhallenden grellen Lauten des Lebens. Er beschrieb das den Tag überwachsende Dunkel, das leise und leiser auf die warme Erde sich legt; er erzählte von den Vöglein, wie eins nach dem andern verstummt, zuletzt hört man nur noch das Hämmern des Spechts an der Buche, der sein schlagendes Picken tief in die Nacht hineindehnt; die Käfer und Wasserinsekten surren und summen noch lange an den Grasspitzen fort, aber immer undeutlicher werden ihre Töne; jetzt erhebt sich der Silberklang des Glockenfrosches, ihm antwortet der schwermütige ferne Unkenruf – und inniger, wehmütig-wollüstiger fließen alle Stimmen ineinander! Eulen und Käuzchen, Fledermäuse und Nachtfalter durchschwimmen mit unhörbarem Flügelschlag die Luft. Man glaubt den Herzschlag der Erde hören zu können, so unbegreiflich zauberisch-still ist die Welt!

Annette hörte oder hörte nicht; aber sie schien ruhiger zu werden und sank in den Stuhl, an den sie so lange sich gehalten. Was hat sie nur? dachte Alfred, und wagte dennoch nicht, die Antwort sich zu geben.

St. Valère sprach noch immerfort, zuletzt schilderte er ihr das Schlafwachen der Natur, das phantastische Aufwogen des träumenden Windes, die seltsamen, klagartigen Laute der Nacht, die durch sie hinleuchtenden Augen des Luchses, der Wiesel und Marder geistergleichen Gang, wie sie alle lauernd und schleichend aus der Waldestiefe, wie vergessene Schatten des Tages, hervorkommen und endlich in der Mitternacht, die alles überdeckt, verschwinden.

Plötzlich rief Annette: »Ach ja! ja, so ist er gekommen, um mich von Alfred loszureißen. Wie er es machen wird, weiß ich nicht; es ist auch einerlei, denn ich werde daran sterben!«

Alfred erschrak bis ins tiefste Herz; ihm war, als fiele die Decke ein, als bräche der Boden unter seinen Füßen.

Ein ungeheurer Zorn flammte in St. Valèrens Zügen auf. »Sterben? Sterben vor deiner Zeit?« schrie er laut. »Du armes Menschenkind! Warte, warte!« jauchzte er, plötzlich zu rasender Wildheit gesteigert, »ich habe dir noch nicht alles gesagt! Oh! oho! Ich werde dir helfen und allen! Laß du sie nur die Landpartie machen! Weißt du«, fuhr er leiser fort, »im kleinen Gehölz, seitwärts von der großen Allee ab, das dunkle Gebüsch? Es birgt seine Lache so gut wie die Waldungen meines Vaterlandes; dort auf dem Rückwege flackern wir im Tanz wild und sacht. Hei, ho! der Morast ist tief. Auf und ab, drüber hin und her! Heisa, hell! Es schluckt ihm den Odem aus der tückischen Brust! Heisa! heisa! heisa!« jubelte er wieder in immer wilderm Tone, wie ein Wahnsinniger im Zimmer herumschwirrend und springend.

Annettens Kopf war auf die Stuhllehne zurückgesunken; sie hörte nicht mehr und schien, trotz dem Lärmen, aus Ermattung eingeschlummert.

»Großer Gott, er ist wahnsinnig!« sagte Alfred zu sich selbst. »Nimm dich in acht, Annette!« rief er unwillkürlich laut.

Plötzlich stand St. Valère ganz ruhig vor ihm. Er legte die Finger auf die Lippen und sah wieder wie gewöhnlich aus. »Still!« sagte er nach einigen Stunden, »sie schläft, ich habe sie magnetisiert. Deines Bruders Ankunft hat das arme Ding erschreckt.«

Alfred hatte in so kurzer Zeit allzuviel Eindrücke empfangen; er vermochte nicht, sie zu ordnen. »Sie schläft?« wiederholte er mechanisch und schlich leise zu ihr. Sie atmete sanft wie ein Kind. Er nahm sie in seine Arme und legte sie auf das Sopha; sie schlief fort. Ihm ward schwindlig, wie einem, der innere Glockentöne hört und gestaltlos schwimmende Farben sieht. Willenlos ließ er sich von St. Valère fortziehen.

Die jungen Leute standen, ihn erwartend, auf dem Flur; St. Valère machte sich Charles selbst bekannt, und die ganze Gesellschaft fuhr unter lautem fröhlichen Gelächter nach Fontainebleau.

Viele Tage waren seit jenem Morgen vergangen; totenbleich und erschöpft saß Alfred auf seinem Zimmer; vor ihm stand der gepackte, nach England bezeichnete Koffer. Die Türe der Nebenstube stand weit auf, Annette bewohnte sie nicht mehr.

Alfred hielt ein Blatt Papier in der Hand, das er zum zwanzigsten Mal zu lesen versuchte; er wußte längst, was darin stand, doch hatte nur sein Herz den unglückseligen Brief gelesen. Er lautete:

Mein teurer Alfred!

Wenn Du diese Zeilen liesest, bin ich weit von hier, mein guter Freund! in einem fremden Lande, in dem ich, wie sie sagen, mein Glück finden soll. Mein Gott! mein Glück war immer bei Dir. Sie wollten mich verheiraten und sagten mir, das sei das sicherste Mittel, Dich dahin zu vermögen, eine glänzende Partie zu tun, zu welcher Dich Dein Stand, der Reichtum Deiner Eltern und ihre Liebe beriefen. Mein Freund, ich glaube das nicht; wenn Du eine große Dame heiraten mußt, wenn Du dadurch vielleicht ein reicher mächtiger Herr wirst und das englische Parlament regierst, so wird es Dich gewiß nicht glücklicher machen, wenn Deine arme Annette einen ehrlichen Mann betrügt. Es gibt elende Menschen genug in der Welt. Mein Alfred! – Gott, nein, nicht mehr *mein* Alfred! – Du mußt nicht unnütz sorgen um mich. Man hat mir Geld, viel Geld gegeben; verzeih, daß ich Dir es wiederschicke, ich kann es nicht mitnehmen. Aber alles, was Du mir geschenkt hast, das Medaillon, die Kette, das seidene Kleid, alles, was Dir so schwer wurde, mir anzuschaffen – und mir so schwer, es zu behalten, das alles nehme ich mit mir.

Frage nicht, wohin ich gehe; ich habe Deinen Bruder und sie alle betrogen und bin nicht dorthin gegangen, wohin sie mich schickten; aber wiedersehen sollst Du mich nie, mein lieber Engel! Auch St. Valère, den ich herzlich grüße, weiß nicht, wo ich bin. Aber Gott wird mir gewiß Nachricht von Dir zukommen lassen und die Überzeugung, daß es gut war, Dich zu verlassen, und daß Du sehr glücklich geworden bist. Ich bitte ihn, daß Du nur nicht krank werdest aus Kummer. Siehst Du, ich schreibe auf den Knieen, als läge ich vor dem heiligen Altar der Mutter Gottes. Sei mir ja glücklich!

Deine Annette

St. Valère hatte den Brief mit gelesen; als Alfred sich mit tränenüberströmtem Gesicht aufrichtete, stand der Freund neben ihm.

»Sieh«, sagte Alfred und hielt ihm das Blatt hin, »acht Tage, acht lange Tage habe ich sie unaufhörlich gesucht, nicht einen Augenblick gerastet, das ist das Ende!«

»Ich weiß«, sagte St. Valère kurz, »der Alte hatte recht. In Thüringen hatte ich nichts gesehen. O diese erbärmlichen und erbarmungslosen trockenen, hölzernen Wichte!«

Alfred hatte die wunderlichen Worte überhört. »Nie wiedersehen! nie?« wiederholte er leise vor sich hin; »und – wie er sie nur dahin vermocht hat, mich zu verlassen?«

»Das steht alles in dem Briefe«, sagte St. Valère.

»Aber wie konnte sie es?« fuhr Alfred fort. »Anderthalb Jahre haben wir jeden Gedanken wie jeden Bissen Brot miteinander geteilt! Ach, St. Valère! du ahnest nicht, was sie für mich getan, was alles mir geopfert! – Meine Launen, meinen Mißmut, meine Verzweiflung über meiner Eltern Härte, die seit acht Monaten mir keinen Schilling sandten, um mich zur Rückkehr zu zwingen, – alles, alles hat sie mit mir getragen, oft wochen-, monatelang mit ihrer Hände Arbeit mich und sich erhalten. O, ich war oft unleidlich; aber nie, nie, das schwöre ich dir, hätte ich mit Undank ihr vergolten, *nie* hätte ich sie verlassen.«

»Eben darum«, sagte ruhig St. Valère, »hat dein Bruder sie freundlich gezwungen, dich zu verlassen.«

»Mensch!« rief Alfred ganz außer sich, »hast du denn kein Herz?«

»Mensch?« wiederholte St. Valère. »Schimpfe mich nicht, was geht ihr mich an!«

Er wandte ihm den Rücken und ging.

Es war in einer lauen Sommernacht, als man eine arme Nähterin des Faubourgs St.-Antoine still und geräuschlos beerdigte. Es wußte niemand, woran sie eigentlich gestorben. Sie hatte so hingelebt wie Tausende ihrer Art. Sie hatte ein ganz kleines Mädchen bei sich gehabt, das man nun ins Waisenhaus brachte. Es wußte niemand im

Hause, ob es ihr eigenes Kind gewesen, nur sagten ihre Stuben-
nachbarn, die denselben Stock mit ihr bewohnt, daß sie die Kleine
nie geschlagen und sie aufs zärtlichste geliebt habe.

Ein wunderlich aussehender Literat hatte die arme Grisette dann
und wann besucht. Man wußte nicht, was er für ein Landsmann, es
kannte ihn auch niemand näher; nur erzählte man, daß er der Ver-
fasser der artigen Vaudevilles sei, die eben in Paris en vogue waren
und sehr gefielen. Er hatte eine Beschützerin oder Geliebte beim
Theater, die Primadonna war und welcher er die seltsamsten Rollen
in diesen Stücken schrieb. Abwechselnd stellte sie alle möglichen
Naturerscheinungen vor, besonders oft weibliche Irrlichter, und
man versicherte, daß dies Fach ihr ganz vorzüglich zusage.

Überhaupt hatte der junge Dichter eine ganz entschiedene Vor-
liebe für Naturgeister, denen er eine genaue Individualität verlieh.
Er soll sogar einmal einen faulen Weidenstamm auf die Bühne gebracht haben, den Elfen verehrten und der im Dunkeln leuchtete
und das ganze Theater erhellte. Die Leute sagten, es sei eine
schlechte Nachahmung von Correggios *Nacht*. Andere meinten, es
sei eine feine Anspielung auf die Naturphilosophie.

An dem Tage, an welchem in Frankreich die arme Grisette begraben ward, stand Sir Alfred G. in England mit einer schönen blühenden Braut am Altare, der er kalt und gelassen den Arm bot, um sie
nach der Ceremonie aus der Kirche zu führen. Der junge Mann sah
sehr bleich und krank aus. Als die Wagenreihe der Verwandten und
der Hochzeitsgäste das Landhaus erreichte, zu welchem sie das
junge Paar geleiteten, fehlte der Bruder des Bräutigams, der sie alle
empfangen sollte.

Man hat nie wieder von ihm gehört; es hieß, er sei beim Entge-
genreiten in einem den Park begrenzenden Morast verunglückt.
Durch seinen Tod ward der neue Ehemann, dessen Vater wenige
Wochen später verschied, Lord und Besitzer eines großen Vermö-
gens.

»Nein«, sagte Satan, »du bist ein Schalk; ich will es aber nicht, daß
du in meine Angelegenheiten dich mengst. Treiben dir's die Men-

schen zu bunt, so scher dich in deinen Wald zurück, aber bleibe mir mit deiner Irrlichtsmoral vom Halse!«

»Moral! Moral!« lachte das Irrlicht, das heißt, es zuckte in tausend und aber tausend Flämmchen auf. »Das arme Ding quälte sich unnütz; ich war am Ende so menschlich geworden, daß ich mich bei einem Haar selbst in sie verliebt und ihr meine Hand geboten hätte –«

»Du bist nicht gescheit«, unterbrach ihn der Teufel. »Solche Mesalliancen gibt der Alte nicht zu. Was gäbe denn das für Racen? Daß du mir den blonden Schlaraffen zugeschickt hast, ist ganz gut; der Narr ist vor purer Vortrefflichkeit ein Schuft. Indessen sind wir doch noch nicht ganz einig über ihn, der Alte und ich; aber nur vorwärts!«

Am Karlsbader Mühlbrunnen stand eine Gruppe junger Herren und Damen; alle blickten in ein gedrucktes Blatt, das die jüngste und hübscheste unter ihnen in der Hand hielt und laut daraus vorlas. Es schien, daß alle den Genuß des Sehens und Hörens vereinen wollten; nur ein einziger blonder Offizier sah die Vorleserin statt des Blattes an und machte dabei ein zweifelhaftes Gesicht, von dem schwer zu sagen, ob es Entzücken oder Verblüffung ausdrückte.

»Gott sei Dank!« sagte ein vorübergehender, scharf um sich blickender junger Mann – es war ein Dichter –, »sehen Sie, Baron! *da* steht ein Verliebter! der erste, den ich in der ganzen Saison hier gefunden!«

»Ach, lieber Freund!« erwiderte der Baron, »Sie sind schon wieder auf dem Holzwege! Sie sind ein poetisches Gemüt! Der gute Elsthal ist taub und arm; er hat sich vorgenommen, hier eine Partie zu tun. Die kleine Comtesse ist schön und sehr reich; er kann aber nicht verstehen, was sie liest!«

»Was liest sie denn eigentlich?« fragte ein hinzugetretener dritter Wassertrinker in einem fest zugeknöpften braunen Oberrocke.

»Was sie liest? Was sonst als das neugebackene *Karlsbader Tageblatt*. Es ist ein hübscher Einfall eines sehr gescheiten Israeliten, den wir hier haben; er beschreibt uns alle Morgen auf die pikanteste

Weise, was wir am Abend vorher in der pomadigsten und langweiligsten Weise getan.«

»Lesen denn das auch gescheite Protestanten oder nur gescheite Katholiken?« fragte ganz ernsthaft der Braune.

»Sind Sie klug, Wallstein?« rief der Baron. »Was geht denn das die Religionen an?«

»Ich verstehe ihn«, sagte der Dichter. »Aber wir sprachen von Nationalität, und die ist hierbei bezeichnend; denn ein geistlicher Jude faßt immer schärfer auf als ein geistreicher Christ.«

»Zugegeben«, sagte der Braune, »und nicht ohne Ursache!«

Der Dichter sah ihn an und lächelte. »Zugegeben, Wallstein; aber«, fuhr er ernster fort, »mehr als dies Zugegeben vermag unsere Zeit noch nicht. Warten wir es ab.«

Die kleine Comtesse las eben unter allgemeinem Jubel: »Seit gestern, nachmittags vier Uhr, sind wir so glücklich, den liebenswürdigsten und ungewöhnlichsten Reisenden unseres Jahrhunderts in unserem Dampfkreise zu besitzen. Von Geburt ein Deutscher, verschmähte Baron M. dennoch nicht, die reiche Laufbahn seiner Studien in unserm Grätz zu beschließen, wo wir vor einer Reihe von Jahren ihn zuerst gesehen. Damals stand er in enger Verbindung mit den feurigsten jungen Italienern jener unruhigen Zeit, deren südliche Lebensglut er in jeder Beziehung zu überbieten schien. Von Grätz aus reiste er nach Ungarn, wo wir ihn in der brillanten Uniform eines Christen wiedertrafen. Er entwickelte in den höhern Sphären der Gesellschaft die gewinnendsten Talente, sang, spielte Guitarre und Clavier, improvisierte, tanzte, ritt, focht – alles meisterhaft; und wir sahen ihn in so zauberischer Schnelle eine Reihe glänzender Liebessiege verfolgen, daß wir kaum umhin konnten, den frühern Revolutionair für einen geschickten, blasierten, routinierten Roué zu halten.

Aber in dem kleinen Fabrikstädtchen B. brach ein furchtbares, allen Löschanstalten trotzendes Feuer aus. Viele Tage hindurch zehrte die leckende Flamme am Marke unserer Wohlhabenheit. Unter einstürzenden Dächern und Mauern, durch Wasserfluten hin über morsche Balken wegschreitend, die unter seinem Tritte zusammenbrachen, sahen wir den Damenliebling plötzlich die Kenntnisse des reifen Ingenieurs, die Kraft und Gewandheit des stärksten Mannes entfalten. Baron M. rettete Hunderten Besitz und Leben und ward der Abgott der ihm Dank zujauchzenden Bürger.

Zwei Jahre später finden wir ihn in der Walachei als Geologen und Bergmann wieder, sehen ihn Minen sprengen, Gruben eröffnen und den ganzen dortigen neuen Bergbau mit der Besonnenheit eines erfahrenen Technikers leiten, und bald darauf in Italien bei der eben dort ausgebrochenen Cholera als Mediziner am Bette der Kranken sie ärztlich pflegen und bewachen, Hospitäler gründen, Gräber und Beerdigungen besorgen. Vor wenig Monaten taucht er in Paris als Magnetiseur auf, wo die unglaublichsten Erscheinungen des Somnambulismus seine Gewalt über die mit ihm in Rapport Stehenden beweisen.

Mit dieser chamäleontischen Gewandtheit vereint Baron M. die blühendste Gesundheit des Jünglings und die volle Kraft des Mannesalters und scheint somit durch jede Vergünstigung der Natur und des Geschicks uns den Begriff eines möglichen Menschenglücks erhalten zu wollen, das den meisten unserer Zeitgenossen zur Tradition einer ehemaligen Götterwelt geworden.«

»Ach!« riefen alle Damen wie aus einem Munde, »und dieser Wundermann, dieser Salamander, dieser Zauberer und Hexenfürst ist hier? *Hier* in Karlsbad? Wer kennt ihn? Wer hat ihn gesehen?«

Aber – keine hatte ihn gesehen.

Die drei Freunde, welche wir eben eingeführt, scherzten noch eine Weile über die neue Erscheinung. »Sollte er nicht ein bloßer Spaß des Redakteurs, so ein *Monsieur ni vu ni connu* sein, mit dem man die Kinder schreckt?« meinte der Baron.

»Bewahre!« sagte der Braune, »es ist eine indische Gottheit, ein Mahadöh, der sich verkörpert.«

»Oder eine neue Personifikation des Ewigen Juden«, meinte der Dichter.

Indem schritt ein auffallend schöner großer Mann zwischen die Redenden mitten hindurch; sein durchdringender Blick fiel auf das *Tageblatt* in der Hand der Comtesse und glitt dann auf diese hinüber. Ein kaum merkliches Lächeln zuckte wie ein Wetterleuchten über die edlen Züge. Er grüßte leicht, betrat die Brücke und bog um die nach der Egerstraße führende Gassenecke.

»Das war er!« riefen unwillkürlich alle.

Die Damen zogen diesmal sämtlich die Egerchaussee, den Weg nach dem »Posthofe« vor; die jungen Männer fanden das Wetter abscheulich, gingen alle nach dem »Elephanten« und verlangten eine halbe Stunde zu zeitig den Kaffee, die Cigarren, die Zeitungen. Die unglücklichen Aufwärter konnten gar nicht fertig werden. Die Ehemänner schlugen ihren Gattinnen entfernte Bergspaziergänge im Schatten vor; die drei Freunde aber blieben am Brunnen und lachten.

Aber doch wußte man abends in jeder, auch der kleinsten Coterie, wen der Baron M. gegrüßt, wo er gespeist, wen er kennengelernt habe, ja sogar, wem er morgen den Hof machen werde.

Drei Tage später kamen seine Reit- und Wagenpferde; lauter Vollblut- und Racetiere. Von dem Augenblick an zweifelten alle Männer an seiner Redlichkeit; denn welcher Privatmann konnte sechzehn solche Pferde sich halten? Nicht einmal Fürst Pückler – und nun gar ein deutscher Baron! Unmöglich!

Noch zwei Tage später wußte man in der ganzen besten Gesellschaft von fünf Verhältnissen, die er mit schönen Frauen in Wien, Paris, Rotterdam und London gehabt, von drei irgendwo trauernden Bräuten, die er verlassen, und von sechs oder sieben ihm fluchenden Elternpaaren. Gerade als die Woche um war, gab er im »Posthof« einen glänzenden Ball. Alle Welt war dort; es war deliciös. Beim Schlusse des Festes fehlten drei Damen. Wie es schien, hatte der ebenfalls fehlende Wirt sie alle drei entführt.

»Nun, hast du nun endlich ein Verhältnis mit einer schönen Gräfin gehabt?« fragte der Teufel das Irrlicht, das unter dem saftigen Blätterdache einer alten bemoosten Eiche hin und her wogte und dem ersten Mondviertel zuleuchtete. »Mehrere, Meister!« erwiderte der Waldgeist. »Es war eigentlich nicht der Rede wert. Ich führte sie alle drei, versteht sich, jede einzeln, dem Marienbader Moor zu, ließ jedesmal meine Pferde im Schlamm versinken, ging, Hülfe zu holen, und kehrte nicht zurück. Es muß spaßig gewesen sein, als am nächsten Morgen die drei in nächster Nähe voneinander haltenden Equipagen sich gewahrten und begrüßten. Schade, daß ich's nicht erlebt habe; denn in dem Augenblicke hattet Ihr mich schon –«

»Gerettet!« brummte der Teufel. »Du hast da wieder elementarisch großartig-dummes Zeug gemacht! Kein vornehmer Mann betrügt drei Comtessen auf ganz gleiche Weise.«

»Meint Ihr, Meister? Mir scheint die ganze Männer- und Weibermanier in diesem Punkte überall viel Ähnliches zu haben. Ich bin nun Thüringer, Preuße, Ungar, Walache und Franzose gewesen – nein, halt! ein Franzose macht es etwas anders, er ist roher, aber poetischer dabei. Im allgemeinen fand ich jedoch eine wirklich ermüdende Gleichförmigkeit, eine durch alle Klassen sich hinziehende Wiederholung –«

»Halt's Maul!« sagte der Teufel. »Wir verstehen nichts von der Civilisation, mein Bester! Wo *die* anfängt, hört *Ihr* auf!«

Ob ich nicht lieber nun im Walde bleibe? dachte das Irrlicht.

Indem erhoben sich die getragenen, schwermutsvollen Töne einer Klarinette, die, sehnend an den Bergspitzen und Baumgipfeln hingleitend, den ganzen Wald wie mit Maienduft erfüllten. Es war, als würde die Welt plötzlich so wehmütig schön, daß man jede Minute betrauern müsse, daß sie verflossen, und jede jubelnd begrüßen, daß sie zum Träger eines so zauberhaften Glückes geworden.

Ein junger Mann und ein wunderbar schönes Mädchen traten aus dem Gehölz. Er war der Virtuos und hielt sein Instrument noch in der Hand. Beide setzten sich zusammen ins Gras. Der Mond stand nun schon hoch und beleuchtete die anmutigen Gestalten. »Jetzt ist es an dir, Editha!« sagte der junge Mann.

»Meinetwegen«, erwiderte sie; »aber bilde dir nicht ein, daß ich's für dich gemacht.«

Er schüttelte traurig das Haupt. Während sie mit entzückend klarer Stimme ein Lied sang, blies er, dann und wann einfallend, eine Art obligater Begleitung zu der Melodie desselben. Er verstand es, alle die in der nächtigen Stille fehlenden Frühlingsstimmen wie durch Zauber zu ersetzen. Bald klang es, als zwitscherten erwachende Vögel, bald wogte es wie ein ferner Luftstrom über den

Bergwald hin, es tröpfelte als Felsbächlein durch die Kluft, es summte wie eine geschäftige Insektenwelt in emsiger Einförmigkeit fort, ja, es rief mit Posthornlauten aus der weit entlegenen Talschlucht herauf.

»Das nennt man plastisch in der Musik«, bemerkte der Teufel dem Irrwisch, »und landschaftlich. Mich wundert nur, daß er nicht ein wenig heulenden Sturm und rollenden Lawinendonner macht!«

Das Mädchen sang:

> »Wenn der Blütenstaub der Weiden
> Niederfliegt ins stille Tal,
> Werd ich mit dem Frühling scheiden,
> Küß ich dich zum letzten Mal!
>
> Denn mich locken die Verwandten,
> Mich, der Elemente Kind;
> Was gestaltend hier sie bannten,
> Lösen leise sie und lind.
>
> Dann umschmeichl' ich dich als Welle,
> Spiel als Zephyr dir im Haar,
> Flattre vor dir als Libelle,
> Jung mit jedem jungen Jahr.
>
> Lieg als Ranke dir zu Füßen,
> Blick als Blume dir ins Herz,
> Grüße dich in tausend süßen
> Lenzgebilden – ohne Schmerz.«

Das Irrlicht seufzte; ja, es seufzte vor Vergnügen. Gott! dachte es, mit den schönen Gräfinnen war's nichts, und nun führt mir der Himmel dies Engelsangesicht zu, das rein elementarische Gesinnungen hat!

»Bewahre!« sagte der Teufel, »die Kleine ist in einen jungen Philosophen verliebt und hat seitdem antediluvianische Erinnerungen und neigt sich zum Pantheismus. Die Herren krabbeln immer an meiner Türe herum, um zu wissen, was ich und *der Andere* zusammenbrauen.«

»Ach, Editha!« flüsterte der Musiker, »welch ein Gotteshauch weht aus deiner Stimme mich an! Ich fühle und begreife die Kunst der alten Meister nie besser, ich empfinde die schöpferische Kraft, die der Menschenseele inwohnt, nie tiefer, als wenn ich dich höre! Du machst mich fromm – ach! wendete sich nur dein Geist nicht dem Abstrakten, dem ungläubig Forschenden zu! Du, selbst eine Offenbarung des Höchsten, solltest an dir die Beglaubigung aller Wunder unserer Religion empfinden! Denn eine reine Jungfrau ist ja das Sinnbild alles Göttlichen auf Erden!«

In diesem Augenblicke stürzte ein zweiter junger Mann aus dem Gebüsch hervor und blieb mit dem Ausdruck der Verzückung vor Editha stehen. Seine vollen schönen Lippen bebten vor Aufregung, seine Pulse flogen, seine Augen flammten. Mehrere Minuten stand er, wie geblendet, vor dem Mädchen sprachlos, endlich rief er: »Ja, Sie waren es! Sie haben mir die Seele aus dem Körper gesungen!« Er zitterte so heftig, daß er sich an einen Baum lehnen mußte; sein Blick brannte fort, aber die ganze Kraft seiner jugendlichen Gestalt war wie zerbrochen. Der Musiker fing ihn in seinen Armen auf; der Fremde lehnte seinen Kopf an dessen Brust und lag eine Weile wie besinnungslos. Endlich brachen leise Tränen aus und überströmten sein Gesicht; aber selbst in diesem kaum bewußten Zustande blieb sein Auge starr an dem Antlitz des schönen Mädchens haften.

Auf diese schien der ganze Vorgang wenig Eindruck zu machen; sie mochte dergleichen gewohnt sein, denn sie blieb ganz gelassen.

»Wer ist denn *der*?« fragte heimlich das Irrlicht. »Ein Irländer«, erwiderte der Teufel. »Ich will auch ein Irländer werden!« rief das Irrlicht.

Allmählich hatte sich der Fremde gefaßt. Ein begütigend freundliches Gespräch, das er jedoch oft durch rhapsodische Ausrufungen unterbrach, erläuterte, daß er mit dem Musiker und Editha im nämlichen Hause wohne, ohne es zu ahnen. Die beiden jungen Männer brauchten eine Wasserkur in der Nähe und verlebten einige Wochen in der Familie, der das Mädchen angehörte.

Es entspann sich nun gar bald ein anmutiges Liebesspiel unter den jungen Leuten. Editha nahm beider Huldigungen freundlich hin, doch war es leicht zu sehen, daß ihre Gedanken eine ganz andere Richtung verfolgten und ihr Herz einem fernen Gegenstande entgegenschlug. Die Eltern des Mädchens, brave Förstersleute, hatten des wenig acht; sie hatten zu viel anderes zu tun, kümmerten sich daher nur wenig um ihre Mietsleute und ließen das schöne Kind ruhig gewähren.

Da kam eines Abends noch ein dritter Gast hinzu; er gab sich James als dessen Landsmann zu erkennen und teilte ihm eine Menge Nachrichten aus ihrer gemeinschaftlichen Heimat mit. Die Darstellung der dort mehr und mehr um sich greifenden Not, des steigenden Jammers der Armut, stürzte James in Verzweiflung; er lief erhitzt den ganzen Tag umher und entwarf tausend Pläne, dem Unheil zu steuern, zeigte sich zu jedem noch so schweren Opfer bereit und schrie unaufhörlich: *I love my country*. Dann versank er abwechselnd in dumpfes Hinbrüten, erklärte Editha zum zwanzigsten Mal seine heftige Liebe und beschwor sie, ihn zu heiraten, damit er zurückkönne nach Irland, um sein Vaterland retten zu helfen und gemeinschaftlich mit ihr die Bauern auf seinem Gute zu beglücken.

Das Mädchen wiederholte ihm, daß sie Deutschland nicht verlassen könne und ihn nicht liebe; sie ließ ihn sogar erraten, daß ihr Herz einem andern geneigt sei.

»Heirate mich! Heirate mich!« bat er, ohne darauf zu achten. »Kein anderer wird so dich lieben, kein anderer dich so unsäglich glücklich machen!« Dabei zählte er ihr aber all seine Fehler auf, gestand ihr, daß er ein Trinker, ein Spieler und Raufer sei, daß er bis jetzt ein wüstes, liederliches Leben geführt habe; aber darum müsse sie ihn heiraten, damit er ein ganz anderer Mensch werde. Sie solle, sie müsse ihn retten und mit ihm seine Untertanen beglücken.

»Ja, ich liebe mein Vaterland!« rief er in höchster Aufregung; »aber ich werde nichts, gar nichts für dasselbe tun ohne dich!«

So blieb er denn Tag um Tag, ohne andere Entscheidung, fast stundenlang ihr gegenüber mit seinem Liebesweh, weinte, wütete. Zuweilen erschreckte sie das heftige Wesen; sie war besorgt um seine Gesundheit, sein Leben, und doch vermochte sie ihm nicht mehr zu gewähren als eben diese tiefe, innere Mitleidsqual, zu welcher er nach und nach ihre Empfindung gesteigert hatte.

Der neue Ankömmling, eine höchst angenehme jugendliche Erscheinung, entwickelte alle möglichen nationellen Ähnlichkeiten mit James, aber auch einiges individuelle Heitere. Er war um mehrere Jahre jünger und strahlte vor Frohsinn. Auch er verliebte sich in Editha und erklärte sich; auch er ward abgewiesen. Auch er wollte ins Wasser springen, vergaß es aber über einen in der Nähe abgehaltenen Pferdemarkt, auf welchem er, statt eines lange gewünschten Rappens, einen Windhund kaufte.

Als er zurückkehrte, war gerade das Gefühl der Freundschaft das vorherrschende in seiner Seele geworden. Er beschwor die Geliebte, seinem Freunde anzugehören, dem er ihren Besitz zu opfern fest entschlossen sei. Als er auch hierauf ein sehr bestimmtes Nein erhielt, suchte er James zur Abreise zu bewegen; als auch das mißlang, wollte er ihn gewaltsam entführen. Nach einem solchen Ausbruch blieb James, in Kummer aufgelöst, auf dem Sopha liegen. Paddy – so hieß der andere Irländer – eilte auf der Stelle fort in die weite Welt.

»Du mußt sie versöhnen, Editha!« bat der junge Musiker. »James kann es nicht ertragen, es lastet zu viel auf ihm.«

Ein lautes, so herzliches Lachen, in das unwillkürlich der Virtuos, Editha, ja selbst der melancholische James leise mit einstimmten, weil es gar zu liebenswürdig und frisch klang, unterbrach die Ermahnung.

Paddy war, statt in die weite Welt, ins enge Wirtshaus des nahen Städtchens gegangen und *tipsy* nach Hause gekommen. Edithas jüngere Geschwister spielten vor der Türe draußen, und eben half der Verzweifelnde, der seinen Gram vergessen, den Buben Seifenblasen machen; dabei mußten sie aber zugleich über einen niedrigen Zaun springen. Das Lachen über die aufgeblasenen Backen der Kleinen und die zu nichts führenden Anstrengungen waren die Hauptsache im Spiel.

Mitten in seinem Kummer mußte James doch zusehen. Allmählich sprang er mit, hoch und immer höher, machte auch Seifenblasen, und immer schönere, und ward bald so ganz zum Kinde unter den ihm zujauchzenden Kindern, daß Editha lächelnd fortschlich; der Musiker aber folgte ihr. James merkte nicht, daß die Geliebte davonging, weil er eben mit Paddy um die Wette über seinen mit beiden Händen gehaltenen Handschuh sprang.

Editha ließ ihm die Vernachlässigung nicht entgelten; sie hatte ganz anderes im Sinne. Sie erwartete den Liebsten zum letzten Mal auf lange, lange! Gespannt hatte sie den fernen Hufschlägen eines Pferdes zugehört und eilte jetzt dem Reiter entgegen.

Der Musiker war ihr nachgeschlichen; ihn quälte wütende Eifersucht und er hätte den beiden gern die letzte Stunde verkümmert. Draußen war es so sonnenhell und schön, als könnten diese heißen Mittagsstrahlen nur Glück bescheinen. Als er sie in den Armen des Beneideten sah, lief der arme Virtuos mit seinem Instrument tiefer in den Wald hinein; die Liebenden aber hielten die vom Winde getragenen einzelnen Laute seines melodischen Schmerzes für den Widerhall ihrer eigenen Klagen. Hermann – so hieß der Freund – zog in die Weite. Die Wissenschaft war die Nebenbuhlerin des schönen geliebten Wesens, das so treu an ihm hing. Er schied mit tausend Gelübden, aber zu Vater und Mutter wollte er nicht; ihm graute vor dem Philistertum und vor den fremden Gesichtern, und dann sollte sie ihm unbedingt, wortlos glauben.

Trotz aller Schwärmerei spannen beide einen langen goldenen Glücksfaden der Zukunft aus: die Rückkehr, die künftige Professur auf einer kleinen Universität, das häusliche Zusammenleben – alle reizenden Möglichkeiten einer geteilten Existenz flossen vor ihren innern Augen in einen Brennpunkt zusammen; denn in der Jugend grenzt der Himmel überall an die Erde!

Die Mittagsglocke des Forsthauses, deren Klang die im Gehölz zerstreuten Jägerburschen zusammenrief, trennte die Liebenden, und bald schmetterte am jenseitigen Flußufer das Posthorn des dahinrollenden Eilwagens vorüber, den Hermann vielleicht schon versäumt hatte.

Editha blieb allein im Walde. Als Paddy und der Virtuos sie endlich fanden, folgte sie ihnen freundlich-still; aber sie mochte nicht reden. Der Musiker drückte ihr die Hand und unterhielt die Eltern und Paddy; es war einer der sanften deutschen Charaktere, die so leicht aus der Rolle des Liebhabers in die des wehmütig Liebenden,

Vertrauten übergehen und oft auf diese Weise später ein glückliches Ziel erreichen.

James fehlte; er ward den ganzen Abend und einen Teil der Nacht hindurch gesucht. Paddy schwur darauf, daß er sich Edithas wegen ein Leid getan. Editha schüttelte lächelnd das schöne Köpfchen und schwieg.

Drei Tage blieb er weg. Den Alten und sogar dem Virtuosen war herzlich bange geworden – da kam er wieder mit einem alten Auerhahn und einer neuen Vogelflinte. Die Jagdlust hatte ihn wieder aus seiner Leidenschaft herausgerissen; aber ach! als er Edithas holde Augen sah und ihr die Jagdbeute zu Füßen legte, ging der Jammer von neuem an, und er schrie lauter und schmerzlicher denn je: »Heirate mich, denn ich sterbe, wenn du mich nicht liebst!«

Editha riß sich los und lief in den Wald hinein, zur Stelle, wo er von ihr geschieden. Der Musiker und die Eltern hatten ihr gelobt, die Fremden endlich zu entfernen.

Es war wieder ein goldener Mittag über die Hügel gebreitet, der sie wie ein Strahlennetz umspannte, und drüben schmetterte das Posthorn, wie zu jener Stunde. Das Mädchen ging lange am Ufer hin und her; endlich löste sich die bange Qual in Wohllaute auf; sie setzte sich auf einen bemoosten Felsblock und sang in die klare Luft hinaus:

> »O all ihr Wolken, Berg' und Tale!
> Verbergt ihr mir den Heißgeliebten?
> Ist er nun fort mit einem Male?
> Sonne! was soll's mit deinem Strahle?
> Was soll dein Rauschen, arme Saale?
> Was seid ihr alle der Betrübten?
>
> O all ihr Feld- und Waldgesänge!
> Was fragt ihr mich, wo er verweilet?
> Wenn zu erreichen ihn gelänge,
> Du klarer Quell, glaub mir, ich spränge

Gern auch ihm nach durchs Grasgedränge,
Durch das der Flüchtling dir enteilet.

Glaub's wohl, daß ihr ihn gern gehalten,
Ihr Bäume, mit den grünen Armen!
Felsen, euch hat es nicht zerspalten,
Als seine Schritte leis verhallten
Und er mich preisgab den Gewalten
Der Einsamkeit – ohn all Erbarmen?«

Der Teufel saß auf einem Grenzstein und las – im Kalender. Im Himmel und in der Hölle ist keine Zeit; es lag ihm aber daran, zu wissen, wie lange das Irrlicht nun unter den Irländern sei. Daß James und Paddy miteinander das Forsthaus verlassen, wußte der Alte; denn es hatte entsetzlich viel Verdruß dabei gegeben, und er selbst war mehre Male, obschon nicht eben höflich, hinzugerufen worden. Seitdem jedoch waren Jahre vergangen. Um die guten Leute im Forsthause hatte sich der Teufel nicht sonderlich gekümmert; in Irland aber war er mehre Male in großen Versammlungen gegenwärtig gewesen; er hatte das Irrlicht auch zuweilen dort gefunden; das war jedoch schon eine Weile her.

»Nein«, sagte der Alte, nachdem er ziemlich mühsam sich in das Zeitenmaß hineinstudiert, »es geht nicht länger, die Repeal-Versammlungen sagen ihm alle zu, Pater Mathews Wassertrinken liegt ohnehin in seiner Natur, und *tipsy* ist er so noch dabei, den Shamrock hat er vom Walde aus grundlieb; raufen, balgen, schlagen und mitunter flunkern und flimmern – das geht ihm alles von der Hand wie angeboren; und wenn er mir nun noch einmal aus den Gedanken kommt, bin ich capable, ihn so ein paar hundert Jahre da zu vergessen; denn keiner merkt dort, wer und was er ist. Das bringt eine entsetzliche Verwirrung in alle Einrichtungen der Menschlichkeit und gibt Verdruß mit *Dem oben.* – Hoho! der Geselle muß wieder her!« – Der Teufel pfiff schrillend auf seinem Finger, und der junge hübsche Irländer stand vor ihm, oder vielmehr, versuchte möglichst still zu stehen. »Hat er doch wahrhaftig noch seine irländische Physiognomie!« brummte der Alte.

»Ganz gut!« erwiderte der Irländer, »was soll ich denn sonst haben? Ich weiß ohnehin nicht, wie ich mit mir daran bin, und mein Vater –«

»Kerl, du hast ja keinen!« sagte der Teufel. »Oder meine Mutter.« – »Schatz, das ist ja eine alte Eiche! Flunkere mir doch nichts vor!«

»Nun kurz; also mein Freund, der Virtuos, der jetzt die ganze Welt durchflackert und elektrisiert, sagt, daß er selbst nie recht genau weiß, wie ich aussehe. Wie soll ich's da nun wissen?«

»Es ist nun genug!« sagte der Alte – und nun gehe ein jeder seines Weges und nach Hause.

Ende des Märchens

Über die Chaussee kamen zwei Freunde eilig geschritten; sie wählten abschneidend den Fußpfad durch das Feld, um schneller nach Hause zu kommen. Den einen erwarteten daheim Weib und Kinder, den andern, der ein Phantast war, erwartete niemand.

»Aha«, sagte der verständige Hausvater, »da drüben blitzen ein paar Irrlichter auf, gerade an der Rodung hin! Schade, daß ich meinen Paul nicht hier habe; der Bursche hat noch keins gesehen und quält mich oft abends darum, ihm welche zu zeigen. Sie werden jetzt selten, gottlob! Die Kultur des Bodens nimmt überall zu.«

»Wissen Sie«, sagte der Phantast, der des andern Rede überhört hatte – es war ein Junggeselle in mittlern Jahren –, »wenn ich so übers Feld gehe in der Abenddämmerung, wird mir immer ganz märchenhaft und schauerlich zumute. Die Gedanken springen hin und wider; es bilden sich mir Gestalten und ganze Geschichten aus den Gegenständen, die ich nicht eigentlich sehe, sondern nur errate. Wunderbar, wie die äußere Natur in der Seele reflektiert; die Ideen tanzen mir im Kopfe wie dort jene Irrlichter. Überall erblicke ich Gesichter. Sehen Sie den Eichenstamm dort? Steht er nicht da wie ein gebückter Riese? Und das Irrlicht, das an ihm vorüber- und zu ihm hinaufflackert? Es kommt mir ordentlich wie ein Mensch vor! Ja, wahrlich, lange Märchen könnte ich Ihnen erzählen – aber sie brechen zuweilen ab, und winden sich doch auch mitunter, wie dort die Nebelschlange, zwischen dem Nächsten und Fernsten hin –«

»Lieber Gevatter, Sie sind ein Phantast! Ich habe es Ihnen schon hundert Mal gesagt. Dorthin geschaut! da blinken die Lichter von unserm Städtchen! – Ei, nehmen Sie sich doch in acht: hier ist ja der Bach ausgetreten; die Wiesenwasserleitung ist entzwei. Die verdammten Runkeln liegen auch querpfadein –«

»Sonderbar! Sonderbar!« murmelte der Freund.

»Nun, wenn wir nach Hause gekommen, so erzählen Sie es nur meiner Frau!« sagte begütigend der Gevatter; »jetzt ist es ruhig bei uns, die Kleinen sind schon zu Bette.«

Der Phantast verstummte und schritt träumerisch weiter.

Über tredition

Eigenes Buch veröffentlichen

tredition wurde 2006 in Hamburg gegründet und hat seither mehrere tausend Buchtitel veröffentlicht. Autoren veröffentlichen in wenigen leichten Schritten gedruckte Bücher, e-Books und audio-Books. tredition hat das Ziel, die beste und fairste Veröffentlichungsmöglichkeit für Autoren zu bieten.

tredition wurde mit der Erkenntnis gegründet, dass nur etwa jedes 200. bei Verlagen eingereichte Manuskript veröffentlicht wird. Dabei hat jedes Buch seinen Markt, also seine Leser. tredition sorgt dafür, dass für jedes Buch die Leserschaft auch erreicht wird.

Im einzigartigen Literatur-Netzwerk von tredition bieten zahlreiche Literatur-Partner (das sind Lektoren, Übersetzer, Hörbuchsprecher und Illustratoren) ihre Dienstleistung an, um Manuskripte zu verbessern oder die Vielfalt zu erhöhen. Autoren vereinbaren direkt mit den Literatur-Partnern die Konditionen ihrer Zusammenarbeit und partizipieren gemeinsam am Erfolg des Buches.

Das gesamte Verlagsprogramm von tredition ist bei allen stationären Buchhandlungen und Online-Buchhändlern wie z. B. Amazon erhältlich. e-Books stehen bei den führenden Online-Portalen (z. B. iBookstore von Apple oder Kindle von Amazon) zum Verkauf.

Einfach leicht ein Buch veröffentlichen: **www.tredition.de**

Eigene Buchreihe oder eigenen Verlag gründen

Seit 2009 bietet tredition sein Verlagskonzept auch als sogenanntes "White-Label" an. Das bedeutet, dass andere Unternehmen, Institutionen und Personen risikofrei und unkompliziert selbst zum Herausgeber von Büchern und Buchreihen unter eigener Marke werden können. tredition übernimmt dabei das komplette Herstellungs- und Distributionsrisiko.

Zahlreiche Zeitschriften-, Zeitungs- und Buchverlage, Universitäten, Forschungseinrichtungen u.v.m. nutzen diese Dienstleistung von tredition, um unter eigener Marke ohne Risiko Bücher zu verlegen.

Alle Informationen im Internet: **www.tredition.de/fuer-verlage**

tredition wurde mit mehreren Innovationspreisen ausgezeichnet, u. a. mit dem Webfuture Award und dem Innovationspreis der Buch Digitale.

tredition ist Mitglied im Börsenverein des Deutschen Buchhandels.

Dieses Werk elektronisch lesen

Dieses Werk ist Teil der Gutenberg-DE Edition DVD. Diese enthält das komplette Archiv des Projekt Gutenberg-DE. Die DVD ist im Internet erhältlich auf **http://gutenbergshop.abc.de**